D0818763

# UN ESCARGOT
# TOUT CHAUD

ISABELLE MERGAULT

# UN ESCARGOT
# TOUT CHAUD

*roman*

BERNARD GRASSET
PARIS

Photo de la jaquette : © Pascalito

ISBN  978-2-246-81300-2

*Éditions Grasset & Fasquelle, 2017*

Rose, dont seul le prénom pouvait encore prétendre à une féminité légère et fragile, mit en branle son gros corps de 90 kilos pour répondre au téléphone qui venait de donner sa première sonnerie. Elle se dépêchait comme elle pouvait parce qu'elle détestait faire attendre. Car Rose était gentille et bonne avec tout le monde. Mais elle n'était pas pour autant ce qu'on appelle une bonne grosse. Elle était bonne, c'est vrai, et elle avait grossi. Ce qui était complètement différent et ça, elle y tenait !

Elle atteignit le combiné à la deuxième sonnerie.

— Allô ?

Rose avait pris une voix de maigre pour répondre. Une petite voix fluette, aérienne, affranchie de toute pesanteur, une voix insouciante, une voix bien dans sa peau, une voix qui peut mettre un pantalon de taille 38.

— Bijouterie Labaume bonjour... Oui... Une chaîne ? Une chaîne en or ?... Et vous avez acheté cette chaîne chez nous ?... Ce n'est pas grave, monsieur, nous verrons ce qu'on peut faire... Elle est cassée au niveau de la fermeture ?... Non, ça ne devrait pas poser de problème... Ah ?... et... il manque combien de maillons à votre chaîne ?... Ah oui, c'est beaucoup ! Ce n'est plus une chaîne, c'est un bracelet !

L'homme avait dû émettre un petit rire car Rose se rengorgea d'un coup.

— ... Oui, je plaisante, c'est plus fort que moi !... Pardon ?... Oh, oui monsieur, oh oui ! je suis une personne très gaie !

Rose mentait. Elle avait perdu de sa gaieté depuis longtemps et elle bénissait le téléphone qui lui permettait, en s'inventant de nouvelles identités, d'oublier celle qui lui était devenue insupportable : la sienne.

Rose composait ses personnages selon son humeur et l'interlocuteur qu'elle avait au bout du fil. Elle pouvait jouer la maîtresse femme, dure et sans humour, la nunuche servile, la revenue de tout à qui on ne la fait pas, la revêche ou la sexy, la désinvolte ou la pointilleuse.

Mais le rôle qu'elle préférait par-dessus tout était bien celui de la femme à la fois sensuelle et naïve. Elle l'interprétait à merveille et, chaque fois que le téléphone sonnait, Rose priait pour que ce soit un homme qui appelle et non une femme, afin de pouvoir se jeter dans cette composition exquise qui, elle le savait, ferait fantasmer son interlocuteur. Pas des fantasmes sexuels, bien sûr... quoique, parfois son rire était si charmant et elle prenait une voix si doucement aiguë qu'il arrivait qu'on lui propose un rendez-vous, ou qu'on lui demande comment elle était habillée. Et Rose savait pertinemment que lorsqu'un homme s'inquiète de la façon dont vous êtes habillée, c'est qu'il veut vous déshabiller.

— Oh! Comme c'est joli ce que vous venez de dire, monsieur! *La gaieté est une politesse qu'on se doit d'avoir face à la vie...* C'est magnifique!

Il ne lui en fallait pas beaucoup à Rose pour s'extasier devant de belles phrases quand bien même elles étaient banales et creuses comme celle que venait de déclamer son interlocuteur sur un ton profond et inspiré.

— Mon prénom ?... Mais pourquoi voulez-vous connaître mon prénom ?

Il parlait comme dans les livres mais il était avant tout un homme et Rose sentait venir le moment où il allait lui demander comment elle était habillée. Elle regrettait d'avoir pris cette voix d'hôtesse de l'air. Elle s'en rendait compte à présent. Mais il était trop tard pour se mettre à muer.

— Mais enfin, monsieur ! On se connaît à peine ! Et pour tout dire, on ne se connaît pas du tout ! gronda-t-elle gentiment.

L'homme rétorqua quelque chose de sans doute très beau car Rose ferma les yeux pour en savourer toute la joliesse. Elle susurra d'une voix pâmée :

— A-t-on besoin de connaître quelqu'un pour le connaître... Oh, monsieur ! Où allez-vous chercher tout ça ! Vous devriez écrire !... Rose... je m'appelle Rose... Comme la fleur, oui... ou la couleur... Et vous ?... Aymé ? Quel joli pré-nom !... Oui, et quel joli verbe aussi, vous avez raison !... Oui, la bijouterie est ouverte toute la journée... Eh bien, à tout à l'heure, monsieur !

# Un escargot tout chaud

Aymé avait raccroché.

Il ne lui avait pas demandé comment elle était habillée et Rose s'en trouva un peu déçue. Elle s'enfonça dans son fauteuil, rêveuse, et murmura avec délice : *A-t-on besoin de connaître quelqu'un pour le connaître...* Elle répéta la phrase plusieurs fois pour se l'approprier et, se l'appropriant, la trouva finalement bien spécieuse, résonnant comme une question de philo du baccalauréat. Rose esquissa un sourire en repensant à cette épreuve où elle avait réussi l'exploit d'obtenir la plus mauvaise note jamais décrochée parmi les candidats de son lycée. Il y avait trois sujets proposés à l'épreuve de philosophie et, parmi les trois, Rose avait choisi *Doit-on satisfaire tous ses désirs ?*

A l'époque, habitée par un appétit de vivre insolent, elle se contentait d'être sur terre avec enthousiasme et ne se posait pas plus de questions que l'oiseau qui chante sur un fil à haute tension. Alors à la question *doit-on satisfaire tous ses désirs,* Rose n'avait pas fait de quartiers. C'était oui ! oui ! oui ! Consciente qu'elle ne répondait pas à un sondage rapide mais qu'elle se devait de remplir au moins trois pages, elle s'était efforcée de développer ses oui. Oui! il faut danser quand on en a envie... Oui! on peut prendre fromage ET dessert... Oui! on peut dormir jusqu'à midi car l'avenir n'appartient pas à ceux qui se lèvent tôt, preuve en est que les vieux sont souvent d'attaque à six heures du matin et on ne peut pas dire qu'ils aient un avenir vertigineux devant eux... Bref, ses arguments étaient si terre à terre, si éloignés de la réflexion intellectuelle demandée, qu'elle avait eu 1. Le coefficient étant de 4, ses chances d'obtenir le bac étaient compromises. Quelques jours plus tard, la sentence était tombée : il lui manquait quelque deux cents points, autant dire qu'il n'était même pas question de rattrapage.

Rose en était là de son baccalauréat quand elle vit Gildas, planté sur le trottoir d'en face, attendant que son chien choisisse l'odeur attrayante qui le déciderait enfin à lever la patte. Le manège risquait de durer longtemps car l'animal, selon des critères mystérieux qui n'appartiennent qu'à la race canine, pouvait passer de longues minutes à renifler les moindres recoins sans qu'aucune trace olfactive laissée par ses congénères ne le satisfasse.

Fort York 416-393-6240

Toronto Public Library

User ID.     2 *********** 4968

Date Format: DD/MM/YYYY

Number of Items:         1

Item ID:37131073525321
 Title:Speak French. Advanced [sound
recording]
 Date due:08/07/2017

C'était assez inhabituel de voir Gildas à cette heure-ci. D'ordinaire c'était le matin très tôt ou en fin d'après-midi qu'il sortait le chien. Peut-être qu'il ne travaille pas aujourd'hui, pensa Rose... Son patron doit faire le pont.

Gildas était serveur à mi-temps au Jean Bart, la brasserie d'à côté et dès qu'il en avait l'occasion, il passait dire bonjour à Rose. Il s'était pris d'affection pour elle quand, un jour de canicule, Rose avait débarqué dans la brasserie en demandant un demi-panaché bien blanc. Elle avait bu son verre cul sec et sa soif étanchée lui avait procuré un tel bien-être qu'elle avait adressé à son serveur, dont elle ignorait à l'époque qu'il répondait au nom de Gildas, un sourire plein de gratitude.

Ce dernier en fut bouleversé. Il n'avait pas l'habitude qu'on lui sourie ni même qu'on le regarde et, soupçonnant en elle une oreille accueillante, Gildas lui avait offert un autre panaché afin qu'elle ne s'en aille pas.

Rose n'avait pas fini son deuxième verre qu'elle savait déjà tout de la vie de ce petit bonhomme au cheveu fatigué et à la paupière tombante.

Il y avait maintenant une dizaine d'années

que Gildas avait décrété, sans souci de réciprocité, qu'elle était son amie et qu'à ce titre il était en droit de venir lui déverser ses angoisses dès qu'il en ressentait le besoin, c'est-à-dire tous les jours.

Gildas était habité par une délectation morose et Rose savait que rien ni personne, amis, médecins ou antidépresseurs, ne pourraient le sortir de la complaisance de sa propre souffrance dans laquelle il aimait à se noyer.

L'écouter restait la seule chose que l'on pouvait faire pour lui. Mais c'était un travail à temps complet et aujourd'hui, Rose n'avait pas envie de travailler.

Il le faudrait pourtant bien car Gildas traversait la rue avec Barry, son teckel à poil rare, et se dirigeait vers elle.

La porte de la bijouterie s'ouvrit.

Ce fut d'abord Barry qui entra, remuant légèrement le derrière pour dire qu'il était content avant de le poser à sa place habituelle, sous le fauteuil de Rose.

Gildas entra à son tour et Rose sut tout de suite qu'il avait franchi un palier supplémentaire dans la dépression.

Il marchait d'un petit pas, regardant ses pieds tout en faisant « non » de la tête et en poussant de gros soupirs. De toute évidence, malgré leur état d'usure avancée, il ne disait pas non à ses chaussures mais à la vie.

En guise de bonjour, Rose lui lança d'un ton enjoué mais pas trop, car vu le moral de Gildas, elle sentait bien qu'elle devait s'endeuiller légèrement en signe d'empathie :

— Cœur qui soupire n'a pas ce qu'il désire, disait ma grand-mère.

— La vérité sort de la bouche des grands-mères... C'est à elle que je devrais parler plutôt que de t'ennuyer avec mes problèmes...

— T'aurais du mal, elle est morte...

— Elle a bien de la chance !

— Je me trompe ou t'as un petit coup de mou ?

— Il y a des jours où c'est pas le jour, et aujourd'hui c'est le jour !

— Demain sera un autre jour...

— Ça fait plusieurs jours que pour moi c'est pas le jour... Demain ou après-demain ce sera pas plus le jour qu'aujourd'hui...

— Je vois... Je t'offre un café ?

Rose avait trouvé très chic de faire un petit

coin café dans la bijouterie. Elle se disait que les femmes mettraient certainement un temps fou à choisir un bijou et qu'ainsi les hommes pourraient attendre confortablement assis dans l'un des deux fauteuils en faux cuir, autour d'une machine à café spécialement conçue pour recevoir des capsules de toutes les couleurs. Mais les clientes ne mettaient pas tant de temps que ça à choisir et la machine à café servait surtout à remonter le moral des habitants du quartier, comme Gildas.

— L'opercule de tes capsules est en aluminium... Très mauvais pour les neurones... c'est avec ça qu'on devient Alzheimer...

— Tu te répètes, tu me dis ça tous les jours !

— Tu vois ! Je me répète parce que je bois ton café !

— T'en veux ou t'en veux pas ?

— Fais couler... toute façon, au point où j'en suis... Je peux pas continuer à vivre comme ça, Rose ! Je peux plus...

— Faut pas dire ça...

— Faut pas dire ça ! Où t'as lu qu'il fallait pas dire ça ! Faut peut-être pas dire ça mais moi je le dis quand même ! Parce que je sais de quoi je parle ! Et quand je dis que je peux pas continuer à vivre comme ça, c'est que je peux pas continuer à vivre comme ça !

Il l'avait carrément engueulée et Rose, qui s'apprêtait à mettre une capsule noire, la plus fortement dosée en café, opta pour une décaféinée. Elle voulait bien jouer les consolatrices mais pas les punching-balls.

— Bon, alors, tu ne peux pas continuer à vivre comme ça... pourquoi ?

— Catherine.

— Quoi « Catherine » ?

— Elle est partie.

— Ah bah oui ! On sait qu'elle est partie ! Ça fait six ans qu'elle est partie !

— Je m'habitue pas... Partir comme ça... d'un coup !

— D'un coup ? Non, on voyait bien qu'elle en avait assez ! Les rayures sur ta voiture ? Hein ? Et tes chaussures qu'avaient plus de lacets ? Et tes pantalons ? Tu ne te souviens pas que tu t'es trimballé en short un hiver entier ?

— On n'est pas sûr que ce soit elle...

— La femme de ménage alors ? Elle s'est dit « tiens, je vais couper les jambes des pantalons, j'aurai moins de repassage à faire » ? Et ton chat par la fenêtre ?

— Il a sauté tout seul...

— En s'attachant les pattes ?... Gildas ! C'étaient des petits signes avant-coureurs quand même ! Allez ! Ne te laisse pas abattre ! Accroche-toi ! Je sais pas, moi... pense à tes... oui, non, c'est vrai tu n'as pas d'enfants... mais... va dans ta famille ! Ta famille a besoin de toi, j'en suis sûre !

— Mes parents sont morts et je suis fils unique...

— Je peux pas nier, ça aide pas... Alors tu sais quoi ? Dans ces cas-là, il faut se noyer dans le travail ! Quand on travaille, on oublie !

— Ils m'ont viré au Jean Bart... J'ai plus de boulot.

Gildas ne lui facilitait pas la tâche.

Le café avait fini de couler.

— Du sucre ?

— Je suis diabétique.

— Je savais pas.

— Moi non plus, je l'ai appris ce matin...

— Faut voir les choses en face, Gildas : tu avais raison, aujourd'hui c'est pas ton jour !

Rose jeta un œil à la pendule et l'amie maternante se transforma d'un coup en épouse modèle.

— Midi! Déjà?… Philippe va arriver, il faut que je prépare à manger…

— Il est où?

— Parti voir sa mère…

— Encore?

— Elle est malade…

— Il est pas médecin!

— Non, mais c'est son fils!

— C'est pas ça qui va la guérir.

— Tu sais ce que c'est que d'aimer quelqu'un et de vouloir être à ses côtés?

— Oui, à condition qu'il soit bien portant!

— T'es un monstre d'égoïsme! Je comprends pourquoi Catherine t'a quitté! Tu ne la méritais pas! Elle aurait dû te quitter bien avant!

Gildas se figea. Il la regardait fixement et son regard était celui d'un tueur. Il avait d'un seul coup le visage des portraits-robots que l'on voit dans les faits divers. Le même visage mais mieux pixélisé et en couleur. Rose sentit son sang se glacer. Il allait bondir, se lever d'un coup et l'étrangler. Ce n'est pas qu'elle tenait à la vie tant que ça, mais l'idée de souffrir lui était fort désagréable. Car elle allait souffrir, c'est certain. Gildas n'était pas un étrangleur professionnel, il allait s'y reprendre à plusieurs fois et ce travail de sagouin serait pénible à souhait.

Gildas se leva tout doucement et s'avança vers elle. Rose, sentant la mort arriver, commençait déjà à voir sa vie défiler devant elle. La première image qui lui vint fut le jour de son mariage. Il pleuvait ce jour-là et, devant son désespoir, Philippe lui avait dit :

— Mariage pluvieux, mariage heureux !

Ce à quoi elle avait rétorqué en larmes, comme s'il n'y avait pas assez d'eau comme ça :

— Non ! Mariage « plus vieux » mariage heureux ! C'est pas pareil ! Ça veut dire qu'on se marie avec quelqu'un qu'on connaît depuis longtemps ! Le rapport avec la personne est donc « plus vieux » et les risques de désamour s'éloignent... par conséquent le mariage a des chances de tenir et d'être heureux ! Ça n'a rien à voir avec la pluie ! T'as pas un kleenex ?

Alors Philippe avait soulevé sa jeune épousée, qui à l'époque était aussi légère que son voile de mariée, et l'avait serrée dans ses bras en la berçant doucement. Mais comme Rose continuait à disserter entre deux hoquets sur ce stupide adage, Philippe colla sa bouche sur la sienne avec une telle tendresse qu'elle s'en fichait d'un seul coup de savoir si c'était « pluvieux » ou « plus vieux », que ce qu'elle voulait c'est que cet amour dure toujours, qu'il lui fasse plein d'enfants, qu'il lui tienne la main même quand elle ferait des mots fléchés et qu'il la trouve plus belle au matin, ébouriffée, dans un tee-shirt trop grand, que maquillée dans sa robe noire décolletée dans le dos.

Seulement, il ne lui avait pas fait plein d'enfants. Une fille seulement.

Et petit à petit, il la trouvait quand même plus jolie maquillée et dans sa robe noire, qu'ébouriffée au matin dans un vieux tee-shirt.

Gildas continuait d'avancer vers Rose, tel un guerrier que l'on aurait drogué afin de lui donner le courage d'accomplir sa sinistre mission.

Ça y est, c'est parti ! Je vais être occite, pensat-elle. Occise ? Occie ? Elle n'avait jamais su conjuguer le verbe occire. De même, elle ne savait jamais si mourir prenait un R ou deux RR. Ce à quoi sa grand-mère lui avait dit qu'il était plus important de savoir conjuguer vivre et sourire qu'occire et mourir. Et forte de ce conseil, Rose ne s'était plus jamais posé la question.

Gildas accéléra le pas, fonça sur Rose et lui enserra la taille. Rose avait trop peur pour continuer à voir sa vie défiler et il était quand même un peu trop tôt pour apercevoir la fameuse lumière blanche au bout du tunnel.

Contre toute attente, Gildas ne l'étrangla pas mais explosa en sanglots sur son épaule.

— Je suis un monstre d'égoïsme, tu as raison !

Rose était soulagée sans pour autant baisser la garde, car elle savait que les dépressifs pouvaient s'adonner à des abattements réels et passer ensuite à des violences incontrôlables.

— Non, Gildas... j'ai pas voulu dire ça... je...

— Je suis un égoïste qui ne sert à rien ! Je dois disparaître, je suis inutile !

Gildas avait raison. Il était inutile. Mais il avait tort de s'imaginer qu'il était le seul. Personne n'est utile, pensa Rose. Les hommes sont précieux, essentiels, irremplaçables. Mais utiles, non. Il n'y a que les outils qui le sont. Néanmoins, devant l'urgence de la situation,

Rose préféra choisir l'efficacité plutôt que débattre sur l'utilité ou pas de Gildas.

— Si! tu es utile! La preuve : je vais monter faire à manger et tu gardes la boutique, d'accord?

A l'idée que l'on ait besoin de lui, Gildas se calma aussitôt.

— Qu'est-ce que je fais si quelqu'un arrive?

— Tu lui dis bonjour et...

— Bonjour? Tu vois pas que c'est pas un bon jour pour moi!

— C'est pas à toi que tu le dis! C'est au client!

— Mais il va me répondre « bonjour » et ça... ça je pourrai pas! S'il me dit « bonjour », je ne réponds pas de moi, Rose!

Rose n'était pas fâchée de lui avoir donné du décaféiné.

— Je t'en supplie, si on te dit bonjour, respire à fond et reste calme! Ne le prends pas personnellement, ce n'est qu'une formule de politesse!

— Et si je tombe sur quelqu'un qui le pense vraiment? Qui veut sincèrement me souhaiter un bon jour, histoire de me provoquer?

— Gildas, personne ne dit bonjour en le

Un escargot tout chaud

pensant, crois-moi !... Ça va bien se passer...
Tu fais patienter le client et tu m'appelles !
Rose lui indiqua l'interphone.

— Tu appuies là... Ça sonne directement
dans la cuisine... D'accord ?

Gildas acquiesça tout en appuyant sur l'interphone, s'assurant ainsi qu'il était capable
de le faire.

Rose ouvrit la porte du fond. Un escalier,
devenu étroit pour elle, montait jusqu'à l'appartement.

Gildas resta seul dans la bijouterie et se fit
un café. Un vrai.

Philippe adorait la blanquette de veau. Alors
Rose avait préparé une blanquette de veau tout
en jetant des coups d'œil furtifs à sa montre,
se demandant pourquoi son mari tardait tant
à rentrer de chez sa mère.

Le téléphone sonna.

— Ça, c'est lui ! pensa-t-elle en décrochant
le téléphone.

Et effectivement c'était lui puisque Philippe
lâcha d'une voix fort peu aimable un lapidaire :

— C'est moi.

Elle détestait la façon qu'il avait de dire ce

« c'est moi », sec, expéditif, dénué de toute affection, de toute mémoire de leur amour passé, un « c'est moi » qui semblait lui faire payer sa prise de poids et la lourdeur de trente années de mariage, un « c'est moi » qui enlevait à Rose toute tentative de dialogue, un « c'est moi » qui ne voulait rien dire puisque, avant même qu'il ne parle, rien qu'à la petite respiration légèrement sifflante qu'il prenait, elle le savait, que c'était lui.

— Suis là dans cinq minutes.

Il avait raccroché d'un coup et c'est comme si ce coup, elle l'avait pris en pleine figure. Elle aurait pourtant dû s'habituer depuis le temps. Mais on ne s'habitue pas au mépris de la personne que l'on aime. Parce que Rose l'aimait toujours. Comme au premier jour.

Philippe accrocha son manteau à la patère en étouffant un râle de douleur, car l'arthrose qu'il avait aux épaules le faisait atrocement souffrir.

Il se mit à table sans un mot, sans un regard pour sa femme.

Rose servit les entrées et s'installa à son tour, face à ce pauvre commensal si peu convivial.

Malgré le soleil qui éclaboussait la cuisine, l'ambiance était funèbre.

On ne peut pas dire que Philippe parlait mal à sa femme : il ne lui parlait pas. Même pas pour lui demander le sel. Il passait son bras devant elle, attrapait la salière et salait sans avoir seulement commencé à goûter son plat. Et ce bras qui passait devant son visage la blessait plus sûrement qu'une gifle. Le geste était d'autant plus violent qu'il insinuait que Rose n'avait pas préparé le repas correctement. Or s'il y a une chose que Rose faisait avec soin, c'était bien la cuisine pour son mari. Depuis que Philippe ne lui parlait plus, il n'y avait guère que dans ses plats que Rose pouvait mettre tout son amour pour lui.

Les repas se déroulaient dans un silence insupportable. Seuls les couverts s'entrechoquaient bruyamment. On eût dit qu'un ingénieur du son avait mis des micros amplificateurs autour de la table et jusque dans leur bouche. Qu'ils prennent ensemble, au même moment, une bouchée de salade et c'était d'un seul coup tout le peuple de l'herbe qui était venu se repaître dans la cuisine.

Parfois Philippe toussait. Rose feignait de

prendre ça pour un début de conversation et s'empressait de dire « oui ? ». La façon qu'il avait alors de la regarder, de haut en bas, comme s'il vérifiait qu'elle avait bien toutes les parties de son corps, tête, épaules, bras, jambes, pieds et comme si, l'ayant vérifié, il se disait « eh oui, malheureusement c'est à ça que je suis marié », enlevait à Rose tout espoir de discussion.

Le mutisme de Philippe n'était pas venu d'un coup. Il s'était installé au fur et à mesure que Rose grossissait. Pourquoi grossissait-elle ? Parce qu'elle mangeait. Pourquoi mangeait-elle ? Parce qu'il ne l'aimait plus. Pourquoi ne l'aimait-il plus ? Parce qu'elle était grosse. C'était insoluble.

Philippe sortit de table.

— Dormir une heure. Te rejoins à la boutique après.

Depuis quelque temps il ne disait plus « je », comme s'il s'était extrait de leur couple. Cette élimination du « je » interdisais désormais et pour toujours un « nous » tant chéri autrefois.

Après avoir fait la vaisselle sans bruit pour

ne pas déranger Philippe dans sa sieste, Rose redescendit à la boutique.

Gildas parlait avec une vieille femme qui ne paraissait pas avoir le profil de la cliente potentielle. Rose s'avança vers la femme en se disant qu'elle semblait moins vieille que ce qu'elle était sûrement. Mais elle se ravisa aussitôt. Après tout, elle ne savait rien de l'âge de cette femme et si ça se trouve elle avait vraiment l'âge qu'elle semblait ne pas avoir.

— Gildas! Je t'avais demandé de m'appeler si un client arrivait! Bonjour madame... excusez-moi, je m'étais absentée quelques instants... Que puis-je faire pour vous?

La femme se mit alors à chercher quelque chose dans son sac. A l'arrière de son crâne, ses cheveux étaient tout raplatis. Emue, Rose songea immédiatement à sa grand-mère qui passait ses journées assise, à lire dans son fauteuil. L'aïeule soignait son apparence en pensant naïvement que ce qu'elle voyait dans son miroir était le reflet de ce que les autres voyaient d'elle, oubliant que son dos aussi était visible de tous. Et elle sortait dans la rue, fort bien coiffée, crêpée, laquée devant et au sommet de la tête, ce qui rendait plus ridicule encore l'arrière de son crâne tristement plat où les cheveux écrasés semblaient se demander ce qu'ils faisaient dehors, à l'air libre, alors que leur place était sur le fauteuil du salon, compressés tous ensemble sur le même reposoir, unique endroit où ils se sentaient bien, parce qu'ils étaient blancs et que c'était de leur âge.

La vieille femme sortit un petit papier de son sac.

— Bonjour madame… je voudrais voir monsieur Labaume.

— Je suis désolée, mon mari se repose…

— Votre mari ? Vous êtes sa femme ? Alors vous pouvez peut-être me régler ce qu'il me doit ?

La femme lui tendit le petit bout de papier sur lequel une main tremblante avait inscrit une liste de choses.

Rose ne comprenait pas ce qu'elle lisait… *Entretien deux heures : 20 euros, chrysan-thèmes : 37 euros 45, engrais : 3 euros, achat d'un arrosoir : 12 euros…*

— Excusez-moi… madame ?

— Pigrenet !

— Excusez-moi, madame Pigrenet… je ne comprends pas…

— C'est l'entretien ! Croyez-moi, je l'aurais fait volontiers gratuitement mais j'ai une petite retraite et...

— L'entretien de quoi ?

— Eh bien de cette pauvre Huguette !

— Huguette... Huguette Labaume ?

— Oui...

— Ma belle-mère ?

— Voilà ! La pauvre maman de votre mari...

— Et qu'est-ce qu'elle a besoin d'engrais ou d'arrosoir ? Elle n'est plus du tout en état de jardiner !

Mme Pigrenet planta ses yeux dans ceux de Rose. Elle avait exactement le même regard que celui de Gildas auparavant : un regard de tueuse. Décidément, aujourd'hui on voulait sa peau. Mais cette fois, Rose ne vit pas sa vie défiler. Ce n'était pas une vieille aux cheveux raplatis qui allait lui faire peur.

Bien qu'elle fût beaucoup plus petite que Rose, la vieille femme réussit tout de même à la regarder de haut et, d'une voix nette et sans appel, avec des points partout même quand il n'en fallait pas, elle déclara :

— Madame. Labaume. C'est cruel. Payez-moi. Et dites. À votre mari. Qu'il trouve quelqu'un d'autre. Moi, c'est fini. Je ne m'occuperai. Plus de la tombe.

— La tombe? Quelle tombe?

Rose posa la question tout en regardant Gildas comme s'il possédait un semblant de réponse. Mais Gildas ne comprenait pas davantage, preuve en était qu'il demanda à son tour :

— Quelle tombe?

Mme Pigrenet avait abandonné son regard de tueuse pour laisser place à un étonnement réel.

— Eh bien mais... celle d'Huguette Labaume!

Rose resta un instant hébétée. Gildas coupa le silence :

— Je croyais qu'elle était très malade?

— La preuve! lui rétorqua la vieille.

Rose avait le souffle coupé. Elle n'arrivait pas à réaliser.

— Vous... vous êtes sûre qu'il s'agit de la mère de mon mari?

— Huguette Labaume! Décédée à l'âge de 87 ans... et demi! comme disent les enfants! Car en vieillissant nous retombons tous en enfance, n'est-ce pas?

— Mais elle est morte quand ?

— Il y a trois mois... Votre mari ne vous a rien dit ?

Un petit « non » s'échappa de sa bouche et Mme Pigrenet, croyant que Rose allait s'évanouir, posa gentiment la main sur son bras tout en l'invitant à s'asseoir sur l'un des fauteuils.

— Il n'a sans doute pas voulu vous faire de peine... Vous semblez si sensible ! Ne lui en veuillez pas... Vous savez, parfois nous cachons des vérités aux gens qu'on aime pour les épargner...

Gildas fit du café, histoire de se donner une contenance, car il ignorait les formules de réconfort destinées aux cocus. Parce que c'était évident : Rose venait d'entrer dans le monde bien banal des cocus.

Rose avait le regard fixe, comme tombée en catalepsie.

Mme Pigrenet lui tapotait la main.

— Je m'appelle Edwige, si ça peut vous aider...

De toute évidence, le prénom de la vieille ne lui procurait aucune aide ni aucun réconfort.

Elle lui tapota à nouveau la main en lui

soufflant d'une voix douce mais qui sentait un peu l'ail parce que son médecin lui avait dit que c'était bon pour les artères :

— Je suis là, vous savez...

Car Edwige faisait partie de ces gens qui, lorsque vous êtes dans la peine, s'asseyent si près de vous qu'on a l'impression qu'ils vont vous monter sur les genoux, et qui n'ont de cesse de vous triturer la main en précisant, au cas peu probable où vous ne l'auriez pas remarqué, qu'ils sont là.

— Rose... la capsule... elle est coincée !

— Enculé !

Le cri venait du cœur même s'il sortait de sa bouche.

Edwige trouvait l'invective un peu exagérée pour une pauvre capsule mais elle mit cet enculé sur le compte de la douleur et s'empressa de rassurer Rose :

— Ce n'est rien ! On va prendre un petit couteau... et on va vous la décoincer, votre capsule !

Mais Rose ne l'écoutait pas, tout entière à sa souffrance.

— Oh Gildas ! Gildas !

Elle était sortie de sa torpeur et pleurait à

présent à chaudes larmes. Philippe lui mentait depuis des mois ! Il passait ses soirées chez sa mère... mon cul, oui ! Enfin non, pas le sien justement ! Celui de l'autre ! De sa maîtresse ! Pas plus tard que la semaine dernière, il avait prétendu passer le week-end avec sa « petite maman » ! Tu parles ! Où l'avait-il emmenée, cette garce ? Et puis d'abord c'était qui ? Où l'avait-il rencontrée ?

— Tu te rends compte ? Me faire ça ! A moi !

— A toi, oui... Il pouvait pas le faire à quelqu'un d'autre, t'es sa femme ! Il n'y a que toi qu'il peut faire cocue !

Si Gildas aimait à être consolé et se montrait exigeant sur la façon qu'on avait de le faire, il ne possédait en revanche pas l'art de trouver les mots qui réconfortent.

— Cocue, cocue... comme vous y allez !... Ma petite, il vous a menti, c'est vrai... enfin, disons qu'il ne vous a pas dit la vérité, ce qui est un peu différent... mais encore une fois, je suis sûre que ce brave homme a voulu vous ménager en cachant la mort de votre belle-mère, il faut lui pardonner et lui faire de gros gros gros bisous parce que je suis certaine qu'il doit être très très très malheureux et...

C'en était trop pour Rose. Elle se leva d'un bond, hors d'elle.

— Toi la vieille, tu sors de ma boutique parce que tu comprends rien à rien avec tes gros gros gros bisous et ma main que tu tritures depuis une heure ! Et puis tu vas prendre un peigne et tu vas te coiffer l'arrière !

La vieille en question se tétanisa sur place, l'œil rond et la mâchoire pendante. Elle poussa une espèce de petit râle très proche de celui d'un tuyau d'aspirateur qui se bouche, et s'écroula par terre.

Barry, qui dormait de son sommeil de chien, se leva en sursaut. Convaincu que cette femme ne s'était allongée que pour jouer avec lui, le teckel prit sa balle et la posa près d'elle. Content d'avoir un compagnon de jeu, Barry faisait des petits bonds sur place pour bien montrer qu'il était au mieux de sa forme et qu'elle pouvait envoyer la balle très loin, ça ne lui ferait pas peur. Comme l'ancêtre ne bougeait pas, il sembla se demander si elle avait bien compris les règles du jeu. Il reprit alors la balle dans sa gueule et la fit rebondir plusieurs fois.

— Couché ! ordonna Gildas.

Barry soupira et alla se coucher sur Mme Pigrenet, seule personne ici qui semblait le comprendre, même si elle ne possédait pas encore le lancer de balle.

Gildas se pencha légèrement sur la gisante et demanda, sans plus d'affliction que ça :

— Elle est morte, tu crois ?

— C'est moi qui suis morte, assena Rose en se laissant tomber lourdement dans le fauteuil.

Tous deux étaient assis à présent et, synchronisés dans leur désespoir, faisaient au même rythme des petits « non » de la tête tout en regardant leurs chaussures.

La porte s'ouvrit et ni l'un ni l'autre ne relevèrent la tête pour accueillir Chloé qui venait, fièrement, présenter à sa mère son tout premier fiancé.

Chloé avait les yeux très rapprochés qui lui donnaient l'air bête et soumise, ce qu'elle n'était pas. Ses cheveux fins et peu fournis, dont la couleur rappelait davantage le jaune que le blond, n'arrivaient pas à cacher ses oreilles décollées. Son menton fuyait à grandes enjambées pour rejoindre un cou dont la seule qualité était de faire son rôle de cou, à savoir relier la tête à ses épaules. Seul le teint, que l'on devinait sous les boutons d'acnés, semblait parfait.

Chloé allait admirablement bien avec Walter, un jeune homme aux joues recouvertes d'une barbe naissante dont les poils n'étaient nés ni au même endroit ni en même temps. L'anarchie totale régnait au niveau de son système pileux. Mais il avait un nez droit et noble qui aurait été formidablement bien venu au milieu de son visage s'il n'avait été si près de la bouche. Et ça, ça gâchait tout.

Néanmoins leurs années se comptaient encore en printemps et la jupe légère de Chloé ne demandait qu'à voler. Alors ils étaient beaux. Forcément beaux. Beaux de leur jeunesse. Beaux de leur avenir. Beaux de leur amour éternel qui, comme tous les amours éternels ne durent jamais.

Les tourtereaux s'arrêtèrent net sur le seuil de la porte en voyant la pauvre vieille allongée par terre.

Edwige n'avait pas bougé d'un pouce et semblait définitivement morte.

— Ma... ma... ma...

Pour qui ne la connaissait pas, on aurait pu penser que Chloé était en proie à une grande panique. Pour qui la connaissait bien, on savait que Chloé tentait de dire « maman », mot impossible à prononcer d'un coup car elle bégayait fortement.

Rose et Gildas abandonnèrent la contemplation de leurs chaussures et relevèrent la tête.

— Ma... ma...

— « Maman », oui ! Maman est là ! soupira Rose d'un air las.

Chloé, toujours menottée à son fiancé, s'approcha du corps de la vieille.

— Qu'est-ce... qu'est-ce... qu'est-ce...

— Elle est tombée toute seule d'un coup, coupa Gildas.

— Faut... faut...

— Chante, Chloé ! Je t'assure, chante ! sinon on ne va pas s'en sortir ! s'énerva Rose.

Il n'y avait effectivement qu'en chantant que Chloé pouvait communiquer sans buter sur chaque syllabe. Malgré son jeune âge, elle adorait Serge Lama et c'est tout naturellement qu'elle s'exprima sur les notes des *P'tites femmes de Pigalle* :

— *Faut appeler les urgences, quelque*

chose… *car cette femme n'a pas l'air bien du tout !*

Gildas, entraîné par l'air de cette chanson qu'il connaissait par cœur pour l'avoir mise en boucle après le départ de Catherine, pensant que ça lui remonterait le moral, ne put s'empêcher de conclure en chantant à son tour :

— *J'suis cocu, mais content !*

Si Rose avait eu un fusil, elle l'aurait tué. Mais elle n'avait dans la main qu'une petite touillette en plastique blanc, ce qui réduisait considérablement les risques d'un bain de sang.

— T'as que du Lama en réserve ? hurla-t-elle à sa fille.

Chloé opta pour *La Marseillaise* et entonna :

— *Mais qui est donc cette pauvre femme par terre, est-elle vivante ou bien morte ?*

— Ce que tu vois par terre est l'ange du malheur ! Le messager maudit qui vient de m'apprendre que ton père me trompe ! Alors, il n'y en a qu'une qui est morte ici, c'est moi !

— T'es co… t'es co…

— … cue ! oui !

Chloé enjamba la vieille et prit sa mère dans ses bras.

— Oh mam... mam...

— Les hommes sont des monstres, ma petite... des bêtes ignobles assoiffés de sexe... des menteurs et des lâches...

— Non madame ! Pas tous ! Permettez que je me présente : Walter ! J'aimerais vous embrasser car vous serez bientôt ma belle-mère. Puis-je ?

Rose n'eut pas le temps de répondre que déjà Walter lui claquait un baiser rapide sur les deux joues.

— Merci. En effet, j'aime votre fille d'un amour... d'un amour... enfin bref... elle est la femme de ma vie. Nous voulons nous marier. J'ai donc le... privilège ?... non c'est pas ça... la... le... de vous demander sa main...

— *L'honneur ?* chanta Chloé.

— L'honneur, voilà ! Merci... L'honneur de vous demander sa main. Je ne la tromperai jamais. Je l'aimerai jusqu'à la fin de mes jours ou des siens, selon qui meurt en premier. J'ai une belle situation. Je suis informaticien. Je débute mais les métiers de l'informatique offrent toujours de belles... de beaux ?... non de belles... mince ! j'ai le mot sur le bout de la langue !

Un escargot tout chaud

Sa façon qu'il avait de chercher ses mots faisait penser à un jeu télévisé.

Rose, friande de ces divertissements qu'elle aimait à regarder affalée sur son canapé, oublia d'un coup le drame qui l'occupait et se mit à chercher le mot manquant, en bonne participante de jeu qu'elle était devenue.

— Carrières ? tenta Rose.

— Non !... C'est un mot pour dire qu'on voit plus loin...

— Jumelles ? essaya Gildas, qui venait de se prendre au jeu lui aussi.

— Combien de syllabes ? demanda Rose.

— Trois, répondit Walter.

— Perspectives ! affirma Rose.

— Perspectives ! Merci... Où j'en étais ?

C'est souvent le problème avec les gens qui cherchent leurs mots : non seulement il faut les aider à trouver le terme exact, car celui qui cherche son mot se transforme généralement en dictateur exigeant qui ne tolère aucune approximation, mais il faut aussi l'aider à retrouver le fil de son exposé interrompu par la recherche dudit mot.

L'ayant écouté sans vraiment y faire attention, ni Rose ni Gildas ne savaient où ce brave garçon en était de son discours. Walter chercha de l'aide dans le regard de Chloé et comprit très vite qu'il ne serait pas secouru.

L'œil de Walter s'illumina soudain. Il se souvenait !

— ... les métiers de l'informatique offrent toujours de belles perspectives d'évolution de salaires... de salaires...

— Importants ? dit Gildas.

— Presque.

— Confortables ? essaya Rose.

— Confortables ! Merci !

Ayant fait un beau parcours puisqu'elle avait trouvé deux mots sur trois, Rose lança à Gildas un regard de satisfaction.

— ... des salaires confortables pouvant rapidement atteindre les 5 000 euros par mois.

Rose ne savait plus si Walter avait mis un point final où s'il était encore à la recherche de mots. Mais un petit sourire réjoui se dessina sur ses lèvres et Rose comprit qu'il avait fini.

Le jeu étant terminé, elle le voyait maintenant tel qu'il était réellement : un homme qui voulait lui prendre sa fille.

Le malheur avait décidé de s'acharner sur elle. Quoi ? Ce Walter allait lui enlever le seul être sur terre qui lui donnait encore la force de vivre ? Son cœur s'était déjà déchiré il y a quelques mois, lorsque Chloé avait emménagé à la cité universitaire pour ne revenir que le week-end. Heureusement, ce cœur déchiré s'était très vite raccommodé car Chloé avait du mal à suivre ses cours de médecine – elle s'était mis en tête de devenir dentiste et Rose n'avait pu s'empêcher de penser que le choix d'un métier où les patients restent la bouche ouverte sans pouvoir parler relevait d'une vengeance inconsciente de la part de sa pauvre enfant bègue – des cours qui l'obligeraient à quitter l'université pour finir tout naturellement à travailler à la bijouterie avec elle.

Rose n'avait plus qu'à attendre la fin de l'année pour que l'oisillon revienne dans son nid. Et il n'était pas question que l'oisillon se marie ! Elle savait trop comment cela se finirait : des visites de plus en plus espacées, puis la naissance d'un premier enfant resserrerait davantage le couple et Rose serait réduite au rôle de la grand-mère à qui l'on téléphone parfois pour souhaiter l'anniversaire, ou la bonne année, ou pire la fête des mères, fête bien cruelle pour qui n'a plus de fille.

— C'est non.

— C'est non... quoi ? demanda machinalement Walter.

— Vous n'aurez pas la main de ma fille, ni le reste. Ma fille est trop jeune pour être malheureuse.

— Elle ne sera pas malheureuse !

— Elle le sera, c'est inévitable !

— Vous oubliez qu'elle est majeure, madame !

— Moi aussi j'ai un majeur, monsieur ! rétorqua-t-elle en joignant avec une incroyable vulgarité – ce qui l'étonna elle-même – le geste à la parole.

Chloé resta tétanisée. Elle aurait voulu parler et regarda Walter pour qu'il le fasse à sa place. Et il le fit.

— Alors, sauf la considération que je vous dois, nous nous passerons de votre... votre...

— Permission ? tenta Gildas.

— Non, c'est pas ça ! Mais ça fera l'affaire !

Contrarié de se satisfaire d'un pâle homonyme, Walter prit sa future femme par la main et se dirigea vers la porte. Puis il s'arrêta soudain et lança un victorieux :

— Autorisation !

Le garçon pouvait quitter les lieux avec panache, il avait trouvé le mot qu'il cherchait.

Le couple s'apprêtait à sortir lorsque la porte du fond s'ouvrit sur un Philippe fermé.

La sieste ne lui avait pas détendu les traits et son humeur semblait toujours aussi sombre. Cependant son visage s'illumina brusquement en apercevant Chloé, sa fille chérie, pour s'éteindre tout aussi brusquement en voyant la vieille allongée par terre.

— Qu'est-ce qu'il se passe?

Passant d'une vulgarité de poissonnière à la dignité andalouse d'une femme outragée, Rose s'avança droite comme un i, pensant chacun de ses pas. Sans un mot, elle s'arrêta devant lui et, avec une douleur impériale, lui tendit le papier. Elle claqua les talons et alla se rasseoir près de Gildas, son frère de douleur.

— C'est ton père? murmura Walter à l'oreille décollée de son aimée.

— Oui, répondit-elle sans bégayer.

— Parfait... A lui je vais parler! Lui au moins, il va comprendre!

Ce que Philippe comprenait pour l'instant, c'est que Rose connaissait à présent la vérité.

Il s'avança vers elle et, se gardant bien de la moindre émotion, lui demanda :

— Où t'as eu ça ?

Rose se contenta de désigner la vieille, d'un petit hochement de menton. Philippe se précipita sur le corps inerte.

— Mais… c'est madame Pigrenet !

Il s'agenouilla près d'elle et, en bon chien de garde, Barry se mit à grogner pour protéger sa future compagne de jeu. Philippe ne se laissa pas impressionner et dégagea l'animal d'un revers de main. Puis il colla l'oreille sur le cœur de la malheureuse, concentré, à l'affût d'un battement susceptible de le rassurer.

Walter, qui n'avait pas du tout le sens des situations, se lança :

— Monsieur, j'ai l'honneur…

— Taisez-vous, bon sang !

Le silence se mit à régner dans la bijouterie.

Philippe décolla son oreille de la poitrine d'Edwige et posa ses doigts à plat sur la carotide. Le geste était sûr, net, sans hésitation. Tout en cherchant les pulsations, il regardait au loin, comme pénétré par sa mission, et ce regard perdu dans des sphères qui semblaient inaccessibles pour qui ne saurait détecter les faiblesses du corps humain lui donnait la noblesse et la grandeur de ceux qui savent.

Rose lui trouva en cet instant un charme irrésistible et se surprit à jalouser cette pauvre vieille qui avait réussi à occuper l'intérêt de ce deus ex machina.

— Vite ! Un peu d'eau ! Elle respire !

— Bien sûr que je respire ! dit tranquillement Mme Pigrenet en ouvrant les yeux.

Excepté Philippe, tous firent un pas en arrière, effrayés d'assister à la résurrection de l'aïeule qui paraissait partie pour un voyage définitif.

La ressuscitée tenta de se relever comme elle put, mais elle put peu et Philippe l'aida de son bras. Le chien accourut vers elle en poussant de joyeux aboiements, persuadé que la récréation allait enfin commencer. Edwige voulut le caresser mais l'animal, court sur pattes au point qu'on pouvait se demander s'il en avait vraiment, était trop ras du sol et elle se contenta de le regarder avec tendresse.

— Oui mon toutou... il n'y a que toi qui t'intéresses à moi... et vous, Philippe ! Je savais que vous étiez quelqu'un de bien ! Mais à part vous, personne ne s'est soucié de moi ! se lamenta-t-elle.

Barry, animé d'un enthousiasme aussi bruyant que malvenu, fut aussitôt calmé par Gildas qui lui intima l'ordre de se coucher. Le pauvre incompris arrêta ses débordements et se laissa tomber, davantage qu'il ne se coucha, dans un coin de la bijouterie.

Edwige était à présent bien campée sur ses deux jambes, à les scruter tous les quatre d'un œil accusateur.

Elle s'avança vers Rose :

— Jamais ! Jamais on ne m'avait parlé comme vous l'avez fait ! C'est la dernière fois que je fais un malaise chez vous, madame ! Quand j'ai repris connaissance, je m'attendais à vous voir tous penchés au-dessus de moi, me proposant de l'eau, me soulevant la tête... enfin, des choses que l'on fait lorsqu'une personne a un malaise ! J'ai attendu... Mais non ! Rien ! On peut crever ! Il n'y a que vos petits problèmes qui vous intéressent ! Enfin merci parce que...

Elle ne put finir sa phrase car sa voix se brisa d'un coup. Alors elle se força à tousser, s'imaginant, par ce puéril artifice, chasser l'émotion qui enserrait sa gorge. Mais l'émotion ne se laisse pas renvoyer par un vulgaire petit raclement. Et la pauvre vieille comprit qu'elle avait toussé pour rien.

Acceptant sa faiblesse, elle poursuivit :

— Grâce à vous j'ai eu un aperçu de ce que sera mon enterrement... personne pour me pleurer, personne pour me regretter, personne pour se souvenir que j'ai existé...

Edwige se mit à pleurer tout doucement, comme si son âge ne lui permettait plus d'avoir de gros chagrins, et ramassa son sac.

— Je reconnais, je me suis comportée de façon un peu violente... s'excusa Rose tout en sortant son porte-monnaie... Je vais vous régler l'entretien de ma belle-mère... Qu'est-ce que je vous dois ?

— Le respect ! lâcha la vieille.

— Mais encore ? demanda Rose, impatiente de la voir partir pour s'expliquer enfin avec Philippe. Elle avait hâte ! Elle le questionnerait, lui demanderait tout dans les moindres détails, assurée que, se représentant la trahison dans ses éléments les plus précis, le paroxysme de la douleur serait rapidement atteint et que l'atteignant, elle ne pourrait plus que guérir. Il y aurait sans doute des éclats de voix, des mots lâchés trop vite pour ne pas être regrettés, il bredouillerait de vagues mensonges, elle pleurerait peut-être, et sans doute, sûrement, oui, c'était certain, il la prendrait dans ses bras en balbutiant un vague « pardon ». Ironie du sort, cette maîtresse, loin de les séparer, allait peut-être les réunir enfin.

Elle eut presque de la gratitude pour cette dépravée qui n'avait réussi qu'à distraire son mari sans parvenir à le lui voler, puisqu'il était toujours là.

— 72 euros 45... annonça Edwige d'un ton pincé.

Rose chercha parmi ses billets et sa monnaie. Les 72 euros 40, c'est bon, elle les avait. Elle cherchait une pièce de cinq centimes mais n'en avait qu'une de dix. Elle fouilla dans les recoins du porte-monnaie car Rose tenait à faire l'appoint. Non par mesquinerie, loin de là, mais par correction. Donner 72 euros 50 alors qu'on lui demandait 72 euros 45 semblait signifier à Mme Pigrenet, qui avait déjà été assez humiliée comme ça : « Tenez, gardez la monnaie ! » Cinq centimes de pourboire était violent et dégradant. En même temps, à bien y réfléchir, Rose trouvait que l'appoint aussi était un peu violent. Mettre son énergie à trouver la somme exacte, au centime près, surtout pour une vieille dame honnête, semblait insinuer que son travail ne méritait pas un centime de plus. Et si elle lui faisait un chèque ? La solution n'était pas mauvaise. Elle sortirait son chéquier en feignant d'avoir oublié la somme : « 72 euros… ? » et l'aïeule préciserait : « 45 ! » Mme Pigrenet devenait alors celle qui exigeait le compte exact et Rose n'aurait plus qu'à se conduire en élève studieuse et obéissante.

— Vous acceptez les chèques ?

Philippe poussa un soupir exaspéré et sortit deux billets de 50 que la vieille accepta sans manière, sans même proposer de rendre une quelconque monnaie.

Voilà, c'est ce que Rose aimait chez Philippe : il ne se posait pas de questions, il agissait !

Mme Pigrenet, ragaillardie d'avoir rabioté quelques euros supplémentaires, demanda à Philippe :

— Voulez-vous que je continue à m'occuper de la tombe de votre maman ?

La question replongea immédiatement Rose dans sa jalousie.

— En tout cas, tu ne pourras pas nier que ta mère est morte ! hurla-t-elle à son mari.

— Exact… se contenta-t-il de répondre.

— Ah ! Tu avoues !

— Oui.

— Pourtant tu m'as dit que tu étais chez elle ce matin !

— Et alors ?

— Et que tu avais passé le week-end dernier avec elle !

— Et alors ?

— Alors t'as une maîtresse !

Philippe, qui jusque-là avait répondu sans la regarder, marquant par son indifférence le peu d'intérêt qu'il portait au problème, se tourna vers elle en la balayant du regard et lâcha, fatigué :

— Et alors ?

Rose était déstabilisée. La confrontation ne serait pas possible, l'explication encore moins.

— Quoi « et alors » ? répéta-t-elle, anéantie par son absence de culpabilité.

— Oui ! Et alors ? Ce n'est pas parce que tu te crois l'offensée que je dois subir tes interrogatoires ! T'es une grande fille, non ? Alors maintenant, débrouille-toi avec ce que tu soupçonnes de moi !

Rose resta sans voix. Quoi ? Pas même

l'effort d'un mensonge ? C'est donc à ce point qu'elle n'existait plus à ses yeux ? Elle était devenue une chose insignifiante, transparente, à qui l'on ne devait aucune explication ? Un rien, un néant, qui ne pouvait se plaindre d'être trompée, puisqu'elle n'existait pas ! Rose était détruite et dorénavant peu lui importait la présence d'une quelconque maîtresse ! Le désintérêt de Philippe face à ses questions était une douleur bien plus insupportable. Si insupportable que ses yeux, qui n'en revenaient pas, ne purent verser la moindre larme.

Edwige, attendant toujours sa réponse, reposa la question à Philippe en prenant soin de la formuler différemment car elle craignait fortement que Rose s'en prenne de nouveau à elle et ne se sentait pas la force d'essuyer de nouvelles insultes.

— Je continue à faire ce que vous savez là où vous savez ?

Philippe n'eut pas le temps de répondre.

La porte s'ouvrit violemment.

L'homme se tenait au milieu de la bijouterie, menaçant tout son monde avec un revolver.

Il portait une cagoule noire qu'il avait dû enfiler de façon précipitée au dernier moment car elle était légèrement de travers et l'ouverture pour les yeux qui n'était pas en face, cachait la moitié de chaque œil. Il en était de même pour la bouche, dont on ne voyait qu'une seule commissure.

Prompt comme il ne l'avait sûrement jamais été mais lâche comme il l'était de toute évidence, Walter se planqua derrière le meuble où Philippe avait l'habitude de s'installer pour réparer les bijoux apportés par les clients.

Chloé, se retrouvant seule, se réfugia tout naturellement dans les bras de son père.

Edwige ne broncha pas, pensant naïvement

que son âge avancé lui servirait de protection naturelle.

Rose, qui venait de subir un braquage bien plus important que celui qui se profilait, puisqu'une garce lui avait pris son bien le plus précieux, ne cilla pas davantage.

Quant à Gildas, il appela son chien à la rescousse, espérant que l'animal sente le danger et se sacrifie pour sauver son maître en se jetant sur l'agresseur.

— Barry ! Attaque ! ordonna-t-il.

Une incompréhension se lut dans le regard de l'animal qui resta un instant dans la position du chien d'arrêt. Gildas réitéra l'ordre en insistant bien sur le *attaque*. Alors le teckel comprit enfin et, rapide comme le lévrier sur son champ de course, il prit sa balle et la déposa au pied du braqueur. L'homme, qui de toute évidence n'était pas venu pour jouer, repoussa la balle en shootant violemment dedans. Barry courut chercher la balle et la ramena à son nouveau compagnon de jeu.

L'homme hurla :

— Haut les mains !

— Je peux pas, j'ai de l'arthrose... expliqua Philippe, qui en souffrait spécialement aujourd'hui. Il allait pleuvoir demain, c'était couru, car depuis quelques années, Philippe était devenu aussi fiable que le plus pointu des baromètres.

— Fais pas le con !

— Des deux, je me demande qui fait le con ! Moi, dans ma bijouterie ? ou vous, complètement excité avec une cagoule de travers sur la tête ?

Edwige était d'accord avec Philippe. De toute façon, depuis qu'il s'était penché sur elle, tel un sauveur, elle faisait corps avec lui et tout ce qu'il pouvait dire était parole d'évangile. Elle alla donc dans son sens :

— Et puis franchement, une cagoule en laine avec cette chaleur ! Vous avez pas trop chaud là-dessous ?

— Toi la vieille, tu te tais et tu mets les mains en l'air !

— Jamais vous dites s'il vous plaît ?

Et elle leva les mains en bougonnant un vague « plus d'éducation... c'est tous leurs trucs à la télé... et leurs musiques de ponk... »

Barry aboyait devant la balle qu'il avait rapportée à son nouvel ami. Insupporté par les aboiements, l'homme donna à nouveau un grand coup de pied dedans, espérant sans doute, dans sa méconnaissance des chiens, le faire taire.

Barry fonça chercher la balle qui avait atterri sous l'un des présentoirs. Le meuble était à quelques centimètres seulement du sol, suffisamment haut pour qu'une balle s'y niche mais pas assez pour qu'un teckel l'y déniche. Il se mit à couiner dans l'indifférence la plus totale.

— Viens là, toi! dit l'homme en désignant Rose.

Rose s'avança comme une condamnée qu'elle était depuis que son bourreau d'époux avait laissé tomber le couperet de son mépris.

Chloé, apeurée, serra son père comme elle ne l'avait sans doute jamais serré.

— Allez! Les mains en l'air! Tous!

— Qu'est-ce que ça va changer que j'aie les mains en l'air ou le long du corps? Vous pouvez me dire? lui demanda Rose avec une réelle curiosité.

— Je veux les voir et puis c'est tout!

— Rose a raison! Pourquoi vous voulez absolument les voir? demanda Gildas.

— Il veut peut-être nous faire les lignes de la main? intervint Edwige en montrant ses paumes au cagoulé. Vous vous y connaissez ? Parce que c'est bizarre, regardez... moi j'ai une ligne de vie très courte et pourtant : 83 ans ! Oui monsieur !

— Si tu tiens à fêter tes 84, ferme-la ! Et maintenant allez tous contre le mur !

Et tous s'adossèrent contre le mur, les bras en l'air, dans une attitude relativement décontractée pour des otages.

— Le visage tourné vers le mur ! précisa l'homme en hurlant comme un gardien de prison.

Ils se tournèrent de mauvaise grâce et se mirent à regarder le mur.

L'homme, qui tenait toujours fermement Rose par le bras, lui posa le revolver sur la tempe et la poussa vers la caisse.

— Tu vas me donner la caisse !

— Y a rien dans la caisse... répondit Rose.

— On me la fait pas à moi !

Et pour bien montrer qu'effectivement on ne la lui faisait pas à lui, il émit trois *ah ah ah* bien distincts, détachés les uns des autres, prouvant par là qu'il comprenait que c'était une blague et qu'il ne la trouvait pas drôle.

Il entraîna Rose derrière la caisse.

— Ouvre !

Ce qu'elle fit. Des chèques étaient soigneusement rangés ainsi que des reçus de cartes bleues. Les compartiments destinés aux billets et à la monnaie étaient vides.

— Y a rien dans la caisse ! constata le braqueur, désorienté.

— Pas faute de vous l'avoir dit ! s'agaça Rose.

— Où vous mettez le fric ?

— Tous les soirs on le range dans le coffre. Et comme, à cause de ce maudit pont, on n'a pas eu un seul client aujourd'hui et que nous n'en aurons certainement pas, l'argent est resté dedans, expliqua Rose d'une voix neutre.

Philippe, qui ne loupait pas une occasion d'accabler sa femme, lui lança :

— Je t'avais dit qu'on aurait dû rester fermé aujourd'hui ! Si tu m'avais écouté on n'en serait pas là !

— Excuse-moi, je n'ai pas d'amant, moi ! Je préfère travailler, ça m'occupe !

— Et il est où ce coffre ? coupa l'homme.

Rose indiqua le portrait de la Joconde. Ils avaient acheté cette copie avec Philippe lors de leur voyage de noces à Florence. Elle aimait

59

ce tableau pour le souvenir qu'il représentait davantage que pour la toile elle-même, qu'elle jugeait pas trop mal faite, c'est vrai, quoique un peu fouillis au niveau de la verdure qu'il y avait derrière cette Joconde au sourire niais et qui n'avait, quand on y regardait de près, quasiment aucun cil ni aucun sourcil, comme lorsqu'on allume un barbecue et qu'on en prend plein la figure. Et c'était soi-disant ça, l'idéal féminin ! Un visage glabre, une expression de ravie de la crèche et des mains toutes momolles posées l'une sur l'autre, comme réfractaires aux tâches ménagères ? Parce que cette femme n'avait jamais fait la vaisselle, c'était évident ! Et au vu de son regard qui semblait dire « attends-moi dans la chambre chéri, j'arrive… mais pour l'instant je suis obligée de garder la pose parce que Léonard n'est pas le plus rapide du monde… » cette femme ne pensait qu'au stupre et à la fornication.

L'un des côtés du tableau était monté sur des gonds et Rose l'ouvrit tout naturellement comme on ouvre une porte.

Le coffre était derrière.

Le braqueur secoua Rose sans ménagements,

lui rappelant, par cette dureté, qu'il était le maître des lieux et qu'elle devait le craindre.

— Y a quoi dans ce coffre ?

— De l'argent. Et les bijoux qu'on nous confie pour être réparés, répondit Rose.

— Beaucoup d'argent ?

— Pas mal. Nous n'avons pas confiance dans les banques... se justifia-t-elle.

— T'es obligée de raconter ta vie ?! hurla Philippe.

— Je trouve sa vie passionnante, répondit l'homme d'une façon étonnamment mondaine.

— Non monsieur. Ma vie n'est pas passionnante... assura Rose.

— Mais tu y tiens ! Et on va voir jusqu'à quel point ! répliqua l'homme.

— Jusqu'au point mort, lâcha-t-elle.

L'excitation cupide se lisait très clairement dans la moitié de l'œil que laissait passer la cagoule. De savoir que l'eldorado était là, à quelques centimètres de lui, rendit d'un coup l'homme très nerveux.

— Tu vas m'ouvrir ce coffre ou je te bute !

— Butez.

Le braqueur resta un instant interdit.

— Comment ça « butez » ?

— Vous voulez buter, alors butez !

— Je ne veux pas spécialement buter, je veux que tu m'ouvres ce coffre !

— Je sais ce que j'entends, monsieur !

Et, prenant les autres à parti, Rose demanda :

— Il l'a dit ou il l'a pas dit qu'il voulait me buter ?

Les autres répondirent en chœur :

— Oui. Il l'a dit.

— Alors, voyez bien ! Allez-y !

— Vas-y, fais ta fière ! claironna l'homme.

— S'il y a bien une chose que je n'ai plus, c'est ma fierté.

— Ouvre.

— Non.

— Je compte jusqu'à trois !

— C'est pas beaucoup, il n'y a pas de quoi se vanter ! Vous savez votre alphabet au moins ? ironisa Rose.

— Un.

Un silence de pas encore mort régnait dans la bijouterie. Seul Barry continuait à couiner, le nez coincé sous le meuble, espérant désespérément que quelqu'un se décide à récupérer la balle pour la lancer de nouveau à son ami.

— Deux.

## Un escargot tout chaud

— Pouce! l'interrompit Rose.

Rose se tourna vers le petit groupe qui était toujours aligné devant le mur. Ils étaient tous de dos comme des élèves injustement punis. Rose regardait le dos de Philippe, ce dos qui fut ce qu'elle vit de lui la première fois qu'elle le rencontra. C'était un dimanche et comme tous les dimanches elle allait au marché. Il y avait beaucoup de monde à l'étal du primeur ce jour-là. Elle était derrière Philippe et, bien que n'ayant vu de lui que ses larges épaules, sa nuque et sa chevelure abondante, il lui sembla qu'elle connaissait déjà son visage. Deviner les traits de quelqu'un d'après son dos était un jeu auquel elle se livrait souvent. Il doit avoir le nez droit, les lèvres pulpeuses et les yeux clairs, pensa-t-elle. Plusieurs maraîchers se démenaient pour satisfaire au plus vite les clients et ce fut bientôt leur tour. Ils étaient l'un contre l'autre, poussés par des chalands inquiets d'être lésés par un malotru qui aurait voulu resquiller en ne faisant pas la queue, et l'un des vendeurs s'était adressé à eux deux en leur demandant d'un ton pressé : « Vous êtes ensemble ? » Philippe s'était retourné machinalement vers Rose, s'apprêtant à répondre que non, ils n'étaient pas ensemble. Mais en la voyant soudain, l'homme aux épaules victorieuses avait paru aussi vulnérable qu'un enfant égaré. Rose resta sans voix devant cet homme au nez busqué, aux lèvres fines et aux yeux noirs. Il est exactement comme je l'avais imaginé, avait-elle pensé, inconsciente qu'à l'instant même où il s'était retourné, elle n'était déjà plus en état de penser. Elle avait senti le sol se dérober sous ses jambes et c'est comme si tous les pétales de Rose étaient tombés par terre. Le vendeur impatient avait réitéré sa question : « Qu'est-ce que je vous sers ? Vous êtes ensemble ou quoi ? »

Alors, pour lui faire plaisir, ils avaient répondu que oui, ils étaient ensemble.

Et parce que ce n'étaient pas des menteurs, ils restèrent ensemble.

Philippe regardait toujours le mur de la bijouterie. Rose voulait le faire se retourner une dernière fois.

— Philippe !

Il se tourna et leva les yeux sur elle en guise de réponse. Comme il est loin le marché, pensa Rose.

— Un mari comme il se doit devrait dire : *Arrêtez! Laissez ma femme en vie! Je vais vous la donner, moi, la combinaison du coffre!* Non? lui demanda-t-elle d'une voix suppliante.

— Tu connais la combinaison autant que moi... Libre à toi de la donner. Mais tu ne veux pas... Il y a tellement d'années que tu meurs à petit feu... alors maintenant que l'incendie est là, bien concret devant toi, tu t'y jettes avec jubilation!

— Jubilation? répéta Rose hébétée.

— Jubilation, oui! Ton mal de vivre est si profond, voilà une occasion d'y mettre fin et de m'en faire endosser la responsabilité! Tu jubiles à l'idée que je me sente coupable jusqu'à la fin de mes jours... comme tous les gens mesquins qui, ne pouvant s'accomplir dans des actes généreux, préfèrent exister par des comportements lâches et égoïstes! Car tu cèdes à la lâcheté en acceptant ton exécution. Ne jubile pas trop, Rose! Car jamais, tu m'entends? Jamais je ne me sentirai coupable de ta mort!

— Et pourquoi je meurs à petit feu depuis tant d'années, d'après toi?

— Je ne sais pas, Rose. Je ne sais pas.

— Parce que tu ne me regardes plus ! Tu ne t'intéresses plus à moi ! hurla-t-elle.

— Tu as retourné tous les miroirs de la maison... comment veux-tu que je regarde quelqu'un qui ne veut plus se regarder lui-même, Rose ? Que je m'intéresse à quelqu'un qui se désintéresse de sa propre existence !

— Deux et demi ! menaça le braqueur qui n'avait pas renoncé à compter.

— Minute ! Vous voyez pas qu'on discute ! cria Rose à l'homme cagoulé.

— Non, Rose. On ne discute plus depuis longtemps. On parle, Rose. On parle chacun de notre côté.

Philippe mettait des Rose à toutes ses phrases, les prononçant chaque fois avec une froideur consciente, comme s'il se contentait de lui rappeler son identité, au point qu'elle crut un moment qu'il l'avait appelée « madame » tant elle reconnaissait à peine son propre prénom.

— J'imagine que ta maîtresse et toi, vous arrivez à discuter ? quand vous ne vous envoyez pas en l'air, évidemment !

Rose se voulut perfide. Elle était juste malheureuse.

— Je suis bien avec elle. Je suis serein. Je me retrouve.

L'estocade était donnée. Philippe s'était exprimé avec tant de calme et de douceur que Rose en perdit le souffle.

— Deux trois quarts...

Qu'il arrête de compter comme un gamin en cours de récréation ! Qu'il le dise, ce trois ! Qu'on en finisse enfin ! Qu'il mette un terme à cette douleur insoutenable ! souhaita Rose.

L'homme passa la main sous sa cagoule pour s'essuyer le front. Ses menaces semblaient sans effet. Ou peut-être bluffait-elle ? Oui ! Elle bluffait, c'était certain ! Il avait soudain très chaud et son tee-shirt lui collait à la peau.

— Enlevez votre cagoule, vous allez nous tourner de l'œil ! lui souffla gentiment Edwige. Et il ne fait pas bon faire un malaise dans cette boutique, croyez-en mon expérience !

L'homme releva légèrement le bas de sa cagoule, découvrant ainsi une bouche fort bien dessinée dont les commissures remontaient légèrement, lui donnant une espèce de sourire constant et de douceur qui contrastaient avec l'arme qu'il tenait d'une main ferme.

Il répéta d'une voix qui se voulait menaçante lors même qu'elle résonnait suppliante :

— J'ai dit « deux… trois quarts ! »

— J'ai entendu, répondit Rose.

— Et…

Il n'eut pas le temps de dire *trois* que Gildas se mit à hurler :

— Noooooon !!!

C'était un très joli non, un peu théâtral mais sincère dans sa théâtralité, un non dont l'étirement du *on* en faisait un adverbe si plein de douleur qu'il aurait mérité plusieurs syllabes.

— Prenez-moi, moi !

Et, s'avançant les bras en croix, Gildas implora :

— Lâchez-la ! Je ne tiens plus à la vie ! Vous me rendrez service !

— Rendre service ? Tu m'as pris pour mère Teresa ? Retourne contre le mur ! lui rétorqua le braqueur.

— Mère Teresa n'a jamais eu de pistolet ! lança Mme Pigrenet, outrée.

— Un revolver ! rectifia l'homme.

— Vous êtes sûr ? Elle devait le cacher dans sa poche, alors !… lâcha Mme Pigrenet, un brin déçue que cette icône de la paix fût armée.

Gildas s'impatientait :

— Vous la lâchez ou quoi ?

— Arrête, Gildas ! Laisse-moi, j'étais là avant toi ! s'énerva Rose.

— Ça suffit ! hurla l'homme. Au mur !

— Non !

— Gildas, s'il te plaît, ne gâche pas tout ! Va contre le mur !

Alors, avec une force qui l'étonna lui-même, Gildas dégagea Rose de l'emprise du tueur aux jolies commissures.

— Allez-y ! Je suis prêt !

Chloé se précipita dans les bras de sa mère enfin libérée. Philippe les regardait toutes deux enlacées et Rose crut lire dans le regard de son mari, mais peut-être se trompait-elle car elle ne lisait plus depuis bien longtemps, une lueur de soulagement.

Un brin déconcerté, l'homme regardait son nouvel otage en se demandant ce qu'il allait bien pouvoir en faire. Sentant que son agresseur avait un moment de flottement, c'est Gildas lui-même qui prit le bras armé pour le lever jusqu'à sa tempe. Surpris d'être assisté comme un anémié qui n'aurait plus la force de bouger ses membres, l'homme reprit ses esprits avec énergie et appuya fortement le canon sur la tempe de Gildas, comme pour rattraper par cet accès de violence la faiblesse qu'il venait d'avoir, ignorant que l'on ne rattrape jamais rien et qu'un moment de faiblesse reste un moment de faiblesse.

— Tu connais la combinaison du coffre ? lui demanda le braqueur.

— Pas du tout ! répondit fièrement Gildas.

— OK. Si personne me donne la combinaison du coffre, je descends votre copain ! Je compte jusqu'à trois.

C'était une manie. Gildas s'énerva.

— Ah non ! C'est pas du jeu ! Vous en étiez à deux trois quarts ! On va pas tout recommencer quand même ! Allez zou ! Trois !

— On fera comme j'ai dit que je ferai !...

Et il se mit donc à recompter depuis le début.

— Un !

Mme Pigrenet, qui en avait assez d'être plantée devant le mur comme une enfant au piquet, décida de se faire un café et demanda à la cantonade si quelqu'un en désirait un.

— J'en veux bien un, dit Philippe.

— Deux ! lança le braqueur.

— Un double pour vous ? s'étonna Edwige.

Vous ne croyez pas que vous êtes assez énervé comme ça ?

— Allez vous faire voir avec vos cafés ! Je suis en train de compter, là ! hurla l'homme qui désespérait d'avoir un jour une quelconque autorité.

— Ah bah oui, mais si vous ne précisez pas aussi ! râla la vieille tout en mettant une capsule.

— Moi aussi, j'en veux bien un ! renchérit Rose.

Edwige se tourna vers Chloé, l'interrogeant du regard pour savoir si elle aussi en désirait un. Chloé tenta une réponse.

— Moi, sans… moi sans…

Philippe regarda sa fille, étonné. Non pas qu'elle bégaie, depuis le temps il avait l'habitude, mais qu'elle pût prendre du café.

— Tu bois du café, toi maintenant ?… Et voilà, ma fille qui grandit et qui boit du café comme les adultes ! Ce sera donc sans sucre pour la petite.

Chloé s'énerva.

— Non ! Moi sans… moi sans…

— Chante, ma chérie ! chante ! Ce sera moins pénible pour tout le monde !

Philippe explosa.

— Pénible ? Tu trouves pénible que ta fille mette un peu de temps à trouver ses mots ? La voilà, la patience d'une mère ? Tu préfères qu'elle se donne en spectacle, qu'elle fasse des vocalises parce que madame ne souffre pas d'attendre ?

— C'est pour elle, pour que...

Rose n'eut pas le temps de finir sa phrase. Philippe la coupa :

— Non ! C'est pour toi ! Tu la fais soit écrire, soit chanter ! Tu la traites comme si elle était handicapée alors qu'elle a juste du mal à parler !

— Deux et quart, tenta l'homme qui tenait toujours Gildas en joue bien que ce fût à la tempe.

Mais on ne faisait pas davantage attention à lui qu'au chien qui voulait désespérément récupérer sa balle coincée sous le meuble.

— Elle a plus que du mal... et on peut appeler ça un handicap ! Etre handicapé n'est pas une insulte ! rétorqua Rose à son mari.

— Elle se gare sur les places handicapées ? lui lança-t-il.

— Non mais...

— Ah ! Tu vois ! exulta Philippe.

— ... elle n'a pas son permis de conduire ! lui rappela Rose.

— Oui, bon... mais si elle l'avait, elle ne s'y garerait pas ! argumenta Philippe sans se démonter.

— Bégayer n'a jamais empêché de se garer !

— Donc c'est bien ce que je disais : ma fille n'est pas handicapée !

— *Notre* fille ! Nous l'avons faite ensemble, et ça tu ne me l'enlèveras pas !

Philippe ne releva pas, préférant lui faire croire qu'elle avait eu le dernier mot et qu'elle avait gagné. Mais Rose n'était pas dupe, elle n'avait rien gagné. Ce n'était pas une victoire mais bien une défaite qu'elle essuyait puisque, encore une fois, il lui refusait ce qui fait la santé des couples : les disputes.

Philippe prit les deux mains de Chloé et, décolérant aussitôt, lui parla d'une voix calme :

— Moi sans... moi sans quoi ?

— Moi sans... moi sans... ânonna péniblement Chloé.

— Oui ? dit-il patiemment.

— Moi sans... moi sans...

— D'accord. Moi sans, tu as très bien

démarré ta phrase. On va dire qu'on a bien compris qu'elle commençait par « moi sans », et ensuite ?

Paradoxalement, plus Philippe s'armait de patience, plus Chloé s'affolait. Elle aurait préféré chanter.

— Moi sans… moi sans…

— C'est bon ! Ça c'est fait ! La suite !

C'était plus fort que lui, il avait haussé le ton sans le vouloir. Rose, voyant la détresse de Chloé, ne put s'empêcher d'intervenir.

— Moi sans… caféine ? Un déca ?

Philippe leva les yeux au ciel.

— Un déca ! Si elle avait voulu un déca elle aurait dit « moi, un déc… moi un déc… » et pas « moi sans… moi sans… » !

Mme Pigrenet commença à s'activer autour de la machine.

Chloé, entêtée, s'essaya à nouveau :

— Moi sans… moi sans…

— Ce sera « moi sans sucre » comme j'ai dit et puis c'est tout ! décida Philippe.

Chloé se tut.

Mme Pigrenet avait préparé ses petits gobelets à l'avance : trois, plus un de côté pour Chloé si on arrivait à savoir ce qu'elle voulait.

Le braqueur s'énerva. Il appuya encore davantage le canon sur la tempe de Gildas qui trouvait que là, ça faisait un petit peu mal. Il commença à grimacer avant de réaliser que d'ici peu il n'aurait plus mal du tout. Cette perspective se révéla être un antidouleur très efficace et Gildas ne sentit bientôt plus rien.

— Un homme va mourir et vous ne pensez qu'à faire des cafés ? Mais vous êtes des monstres !

— Je ne vous permets pas de parler comme ça de mes amis ! Ce ne sont pas des monstres mais des bienfaiteurs ! Ils savent que je veux en finir et ils respectent mon choix ! rétorqua Gildas en ajoutant un solennel : Merci mes amis !

L'homme était pour le moins déconcerté et commençait à regretter amèrement d'avoir choisi cette bijouterie pour son braquage.

— Mais enfin… personne ne tient à la vie dans cette maison?

— A partir d'un certain âge, lança Mme Pigrenet, on se retient à la vie plus qu'on n'y tient. Notez qu'au début, la vie ne me plaisait pas plus que ça… Toute jeune, je ne m'aimais pas… allez savoir pourquoi? On peut se détester sans raison réelle, malheureusement. Surtout que je n'étais pas vilaine! J'avais la taille bien faite et le mollet très ferme car je faisais beaucoup de vélo… C'est grâce à ça d'ailleurs… grâce au vélo que… que ma vie a basculé!… J'étais sur une petite route… Ma roue arrière était à plat et j'avais oublié ma pompe! Vous vous rendez compte? J'avais oublié ma pompe alors que je n'avais jamais oublié ma pompe! Non, mais! Vous y croyez à ça?

Personne ne répondit car, de toute évidence, tout le monde y croyait. Et comme la question n'en était pas réellement une, Edwige poursuivit :

— Une camionnette s'est arrêtée. Le chemin était désert et j'aurais pu craindre pour ma vertu. Mais je m'aimais si peu que je me sentais à l'abri de toute agression ! Comme si les agresseurs n'agressaient que les gens qui s'aiment !... Oui, j'étais jeune et mes raisonnements n'étaient pas très affûtés... La porte de la camionnette s'est ouverte. Un homme est sorti et là...

Edwige se tut d'un coup. Elle ferma les yeux dans une expression qui ne se rattachait à rien. Son visage était si ridé, traversé de sillons qui s'enchevêtraient les uns les autres, mélangeant les traces du bonheur avec celles du malheur, qu'il était impossible de savoir si elle souffrait ou si elle était dans la béatitude du souvenir.

Elle ne disait plus rien et ce silence était intenable.

— Et là ?

Rose venait de poser la question qui était suspendue aux lèvres de chacun.

Edwige ouvrit les yeux.

Tous l'observaient avec attention, s'efforçant de lire dans son regard un quelconque indice susceptible de les mettre sur la voie d'une suite heureuse ou malheureuse. Mais les yeux de l'aïeule étaient emplis de tant de passé qu'il était chimérique d'y prétendre lire le présent.

Le suspens était donc à son comble.

Au risque d'être impolie, Rose réitéra sa question :

— Et là ?

— Là... il m'a dit : « Crevé ? ». J'ai répondu : « Dégonflé ! »...

Une petite déception tomba sur les visages. Patienter autant pour connaître l'état d'une chambre à air était frustrant. Rose s'attendait à ce que l'homme à la camionnette ait sorti un couteau, une hache, une fourche, quelque chose... ou qu'il y ait eu tentative de viol... ou qu'il lui ait piqué son vélo... voire les trois à la fois, tentative de viol à la hache avec piquage de vélo.

— Il a été chercher une pompe à vélo dans son coffre... Il avait une pompe à vélo dans son coffre ! Non mais ! Vous y croyez à ça ?

Chacun ayant bien compris que ses questions

n'étaient là que pour ponctuer la propre mémoire de la conteuse, ils se contentèrent d'un hochement de tête, histoire de prouver qu'ils suivaient le récit.

— Il s'est penché sur ma roue... il a ajusté l'embout sur la valve et... je ne peux pas l'expliquer mais, à chaque pression d'air qu'il donnait... c'est moi qui me sentais regonflée, gorgée d'oxygène, gorgée de vie... Je sentais le sang circuler dans mon corps jusqu'aux joues que je devinais roses, moi qui étais toujours si pâlotte... Puis il a remis le petit capuchon. Je lui ai dit : « Ça y est ? C'est fini ? » Avec beaucoup de douceur il a pris ma taille, qui n'avait jusque-là connu que l'étreinte de mes ceintures, et il a dit : « Non. Ça commence. » Alors il a mis mon vélo dans le coffre de sa camionnette...

— Bah pourquoi ? puisqu'il n'était plus à plat ? l'interrompit Gildas, pragmatique.

— Ta gueule ! rétorqua le braqueur qui voulait savoir la suite sans pour autant de se départir de son rôle de dur.

— ... il m'a fait monter à côté de lui et il m'a dit : « Vous aimez le chant des maïs ? » J'ai rigolé et j'ai répondu : « Vous voulez dire les champs de maïs ? » Alors il m'a dit : « Non, le chant des maïs ! Quand il y a du vent comme aujourd'hui... leurs longues branches se balancent et on dirait qu'ils chantent. » Comme j'ai dit que j'avais jamais remarqué, il m'a emmenée dans un champ de maïs. Je ne les ai pas entendu chanter parce que j'avais ma tête contre sa poitrine et que son cœur battait trop fort... On ne s'est plus jamais quittés. Je l'ai aimé, mon Dieu ! Et j'ai été aimée chaque jour, chaque seconde pendant quarante-cinq ans !

— Et maintenant il est... ?

Rose laissa sa question en suspens, espérant que la madame Pigrenet en comprenne le sens sans qu'il fût nécessaire de le préciser.

— Il est mort, oui. Mon gentil Norbert est mort et il doit m'attendre... Le pauvre, il m'a toujours attendue parce que je n'étais jamais à l'heure... C'était la seule chose qu'il me reprochait... On ratait tous les trains à cause de moi... Peut-être parce que je n'avais pas besoin de partir... J'étais si bien avec lui !

Edwige s'avança vers l'homme qui tenait toujours son flingue contre la tempe de Gildas et, sans aucune peur ni aucun désespoir, avec la simplicité de ceux qui, après avoir fait le tour des choses, sont prêts à les abandonner, elle lui dit :

— Laissez Gildas et prenez-moi ! Depuis le temps qu'il m'attend, mon Norbert, il serait peut-être temps que je le prenne, ce train.

Le braqueur, désemparé, baissa son arme et s'apprêtait à enlever sa cagoule quand, du fond de la bijouterie, Chloé se mit à hurler :

— Façons !!!!

Le mot était parti d'un coup, net, sans hésitation, avec l'énergie triomphante de celui qui vient d'être libéré. Tous sursautèrent, jusqu'à Barry qui en oublia sa balle toujours coincée sous le meuble.

— Façons ? répéta Rose sans comprendre.

— Moi sans... moi sans...

Chloé aurait aimé enchaîner tous les mots. Elle les avait, ils restaient là, à portée de bouche... rien à faire ! Ils étaient indépendants et refusaient de se lier. Chacun la fixait d'un regard perplexe. Seul Philippe semblait avoir compris sa fille.

— Moi sans façons !... Donc elle ne veut pas de café, expliqua Philippe à Mme Pigrenet qui, perdue dans ses souvenirs, avait oublié qu'elle en avait proposé.

Le hurlement de Chloé avait réveillé le braqueur qui s'était amolli au récit de cette vieille femme pour laquelle il avait désormais beaucoup de tendresse. Il continuait à pointer l'arme contre la tempe de Gildas, mais il le faisait sans conviction, totalement démoralisé. Il trouvait même la situation ridicule. Car enfin, si personne ne tenait à la vie, son braquage était irrémédiablement voué à l'échec !

Peut-être était-il encore temps pour lui de ranger son arme et de partir en s'excusant pour le dérangement ? Soudain une idée brillante le traversa : changer de tactique ! Voilà ce qu'il fallait faire ! Puisque les menacer de mort ne servait visiblement à rien, car au final il les menaçait de ce qu'ils désiraient le plus, il suffisait donc de les menacer de l'inverse en leur ôtant ce qu'ils souhaitaient ardemment : la mort, et en leur laissant ce qu'ils voulaient le moins : la vie.

Ah ! Là ça rigolerait plus du tout ! Ce pensant, il rangea le revolver dans sa poche. Le voyant rengainer, Gildas paniqua. L'homme jubilait de lire enfin la peur dans le regard de son otage. Son plan allait marcher.

— Ecoutez-moi bien ! Tous !...

Il eut un moment d'hésitation et toussa

légèrement afin de se laisser quelques secondes de réflexion. Il sentait que quelque chose ne collait pas vraiment dans son nouveau plan… mais quoi ? Il n'aurait su le dire… c'était un sentiment très flou… un doute confus…

— On écoute, dit Philippe qui le coupa d'un coup dans sa réflexion

— Ok ! La combinaison du coffre ou je le laisse en vie !!

En s'entendant parler, son intuition se précisa pour laisser place à la certitude : l'ultimatum était grotesque et ce nouveau plan ne fonctionnerait pas du tout.

Il y eut un silence gêné. Que ce soit Rose ou Philippe, Chloé ou Mme Pigrenet, tous avaient un petit peu honte pour lui. Ils avaient bien réalisé que le braqueur n'était pas un professionnel, mais de là à les menacer de les laisser en vie… Ils assistaient à la chute d'un homme, sans espoir de remontée possible tant il était tombé bas.

Gildas paniquait de plus en plus.

— Donnez-lui ce qu'il demande ! Je vous en supplie ! Sinon il ne va rien me faire !

— C'est bon ! T'es obligé d'en remettre une couche !?! s'énerva le braqueur.

Le regard condescendant, Philippe s'avança vers lui :

— Monsieur, puisque vous avez rangé votre revolver et que vous menacez de nous laisser faire ce que nous faisions avant votre arrivée, c'est-à-dire vivre notre petite vie… alors je crois que nous n'avons plus grand-chose à nous dire !

Et Philippe ouvrit la porte en grand, l'invitant, de façon très humiliante, à quitter la bijouterie.

L'homme devait sauver la face. Il n'allait pas sortir comme ça après s'être ridiculisé de façon si grotesque. Il empoigna violemment Philippe. Il avait la rage. Ça allait faire mal. Ils allaient le payer. Après tout, c'était de leur faute ! On n'a pas idée de tenir aussi peu à la vie ! Ils allaient voir ce qu'ils allaient voir !

Il s'apprêtait à flanquer le canon de son arme sur la tempe de Philippe mais, soucieux de changer sa mise en scène, histoire qu'ils comprennent bien, tous autant qu'ils étaient, qu'il n'était plus le même homme, il lui colla l'arme à la verticale sur le sommet du crâne, trouvant dans cette position une menace plus effrayante encore.

Mais Philippe était légèrement plus grand que lui, ce qui le força à se tenir sur la pointe des pieds comme une petite danseuse d'opéra.

En le voyant faire les pointes, Rose laissa échapper un petit rire.

Elle le regretta immédiatement. *Il ne faut jamais abattre un homme déjà à terre*, disait souvent sa grand-mère qui l'avait élevée davantage que sa propre mère. Et quand elle parlait des hommes, ce n'était pas de l'humanité dans son ensemble dont il s'agissait, mais bien du mâle, du sexe fort, du moins élu comme tel par lui-même sans demander l'avis des femmes. *Il faut leur laisser une porte de sortie, ne jamais montrer leur ridicule! Bien au contraire! Tu dois faire comme si tu n'avais rien remarqué et leur renvoyer en toute circonstance une image positive d'eux-mêmes!*

*Mais enfin mémé, pourquoi?*

*Parce que le sexe fort est faible et qu'il faut être charitable avec les faibles, ma petite.*

Le braqueur tenta d'ignorer le rire de Rose et continua à faire les pointes de plus belle, s'efforçant de montrer par là que la chorégraphie était voulue et que tout était sous contrôle. Mais à la façon qu'il avait de monter et descendre, il était évident qu'il fatiguait des orteils.

Sentant bien que le ridicule allait à nouveau s'abattre sur lui, il redoubla de nervosité. D'un geste sûr, il arma le chien du revolver et un « clic » funèbre résonna dans toute la bijouterie.

Rose n'avait plus du tout envie de rire. Elle étouffa un cri, ce qui sembla ravir le braqueur.

— Ah, je crois qu'on tient à toi !... dit-il à Philippe d'un ton déjà victorieux. Madame ? La combinaison du coffre où je le descends sans compter jusqu'à trois !

Gildas s'étrangla d'indignation.

— C'est dégueulasse ! Lui il y a droit et pas moi ! On peut savoir pourquoi ?

— Parce que lui, on l'aime ! rétorqua le braqueur.

Cette joute perfide avait renvoyé Gildas face à lui-même, ce qui accrut encore son envie de mourir.

— Avec du sucre ? demanda la vieille en apportant le café à Philippe.

— Un sucre, je veux bien, merci.

Edwige mit un sucre dans le café.

— J'ai oublié la touillette !

— Vous vous croyez dans un salon de thé ? La combinaison ! Vite ou je fais un malheur !

— Deux minutes, il peut bien boire son café, tout de même ! s'indigna la vieille avant d'expliquer à Philippe, en s'excusant :

— On n'a qu'une touillette... alors, je vous le touille et je la récupère.

Ce qu'elle fit.

— Je vais vous donner la combinaison, dit calmement Rose car, se souvenant des propos de sa grand-mère, l'homme n'ayant plus de porte de sortie, le pire pouvait arriver.

— J'écoute !

Et, toujours sur ses pointes de pieds, Noureev poussa Philippe vers le coffre.

— Tu ne donneras rien du tout ! ordonna Philippe à sa femme.

Rose insista :

— L'argent, c'est pas important...

— Non, c'est pas important ! Pour une fois, je suis d'accord avec toi ! Mais ce qui est important, c'est que j'ai travaillé pour l'avoir ! Ce travail est ma raison d'être ! C'est ce qui donne un sens à ma vie ! Et on n'enlève pas à un homme sa raison d'être !

Chloé, meurtrie de constater que sa propre

existence ne pouvait donner un sens à la vie de son père, voulut se rappeler à lui.

— Pa... pa...

Pour une fois la répétition de la syllabe réussit à faire le mot espéré.

— Et ta fille ? Tu la laisserais sans toi ? Elle n'est pas ta raison d'être, ta fille ? s'indigna Rose.

— Et toi ? Est-ce que tu n'étais pas prête à mourir tout à l'heure ? lâcha-t-il sans violence, l'accusation en renfermant déjà assez à elle seule.

Rose fut traversée par une douleur insurmontable. Tout le temps que l'homme braquait son arme sur elle, l'idée qu'elle pût laisser Chloé sans mère ne l'avait pas effleurée. Ne pensant qu'à elle, qu'à sa douleur de femme trompée, elle avait effacé la mère qu'elle était. Ou peut-être s'estimait-elle si peu, qu'elle ne pouvait envisager que sa disparition pût affecter qui que ce soit, fût-ce sa propre fille. Et Rose se demanda ce qui était le plus triste : l'égoïsme ou la dépréciation de soi. Elle prit Chloé contre sa poitrine en l'étreignant si fortement que la pauvre fille se mit à suffoquer. L'air lui manquait et elle poussa de petits râles plaintifs.

— Ne pleure pas, lui souffla Rose, pleine d'amour...

— Elle pleure pas, elle étouffe ! assena Philippe qui connaissait aussi bien sa fille que les dégâts que pouvait provoquer l'opulente poitrine de sa femme.

Rose relâcha son étreinte et hurla à son mari :

— Nous sommes des monstres d'égoïsme ! Ouvre ce coffre ! Ta fille a besoin de toi !

— Je n'ouvrirai rien du tout ! dit-il calmement.

Puis Philippe regarda Chloé avec cette tendresse que Rose connaissait bien pour en avoir été l'objet, il y avait bien longtemps, lorsqu'il posait ses yeux sur elle en la suppliant de l'aimer toujours.

— Chloé, ma grande petite, ne m'en veux pas, murmura Philippe... Tu es mon bien le plus précieux... mais le seul père dont tu aies besoin à présent, c'est celui de tes futurs enfants.

Chloé éclata en sanglots. Rose la serra de nouveau contre sa poitrine aimante et on ne l'entendit plus.

Il y eut un moment de silence durant lequel

le braqueur eut la Révélation. Il sembla s'en vouloir de ne pas l'avoir eue plus tôt. Il retomba sur ses talons, abandonna son otage obtus dont il n'obtiendrait rien et attrapa le bras de Chloé, désenlaçant sans état d'âme la mère et la fille. Il tenait enfin le sésame idéal qui ouvrirait la porte du coffre.

Ensemble, Philippe et Rose poussèrent un cri. Unis dans la même douleur, Philippe prit machinalement la main de sa femme. Rose ne la sentit pas tout de suite, trop effrayée à l'idée de perdre sa fille.

Chloé tremblait de tous ses membres.

Soudain Philippe, s'apercevant qu'il tenait la main de Rose dans la sienne, la retira aussi brutalement que s'il s'était brûlé. L'absence violente de la main de son époux en avait révélé la présence et Rose s'en voulut doulou-reusement de n'avoir pu savourer ce moment.

— Alors ? La combinaison ? demanda le cagoulé victorieux.

— Qu'est-ce que vous avez avec ce coffre ! Il y a des bijoux partout ! Prenez-les ! suggéra Mme Pigrenet.

— Je m'en fous des bijoux ! Je veux du liquide !... La combinaison !

Le petit corps tremblant de Chloé le mettait mal à l'aise. Elle n'était encore qu'une enfant. Et faire trembler un enfant n'était pas ce qu'il voulait. Sa cagoule lui tenait de plus en plus chaud.

Le braqueur avait posé l'arme sur la tempe de Chloé, délicatement. Comme il la serrait contre lui, il trouva que ses cheveux sentaient bon.

— 93250814 ! hurlèrent en chœur Philippe et Rose.

— Vous pouvez répéter ? J'ai pas eu le temps de…

Mais l'homme ne put finir sa phrase, coupé par une Chloé révoltée.

— Et toi, l'autre, là-bas ? Tu vas rester planqué comme ça longtemps ? J'suis en danger et nib ! Pas un geste ! Walter ! Je te parle, enculé !

Chloé s'arrêta soudain de parler. Elle avait dit tous les mots d'une traite, sans la moindre hésitation.

Le silence se fit. Tout le monde échangeait des regards incrédules.

Alors même qu'il n'était pas croyant, Philippe fit un rapide signe de croix. Quant à Rose, elle s'agenouilla.

Du plus loin qu'ils se souviennent, ils ne l'avaient jamais entendue prononcer deux mots à la suite sans buter péniblement.

Walter sortit discrètement de sa cachette, hébété d'avoir été harangué de la sorte. Mais tous l'avaient oublié et personne ne fit attention à lui, trop subjugués qu'ils étaient par la métamorphose de la jeune fille. Chloé elle-même ne se souciait plus de son amant.

— Vous avez entendu ? Vous entendez ? Je ne bégaie pas ! Oh bah merde, alors !

— Oh ma chérie… ma chérie c'est… c'est un miracle !…

Et pour le coup, ce fut Rose qui se mit à bafouiller.

— Mais comment… comment… c'est… po… c'est possible ?…

Philippe en bredouillait lui aussi.

— Les chaussettes de l'archiduchesse sont-elles sèches archisèches… déclama Chloé avec une aisance prodigieuse… Non mais putain ! C'est quoi ce bordel qui se passe ?

— Elle est un peu vulgaire, non ? souffla discrètement Philippe à l'oreille de Rose.

— C'est nouveau… elle n'a peut-être pas encore la maîtrise des mots… l'excusa-t-elle.

— Vous arrivez à parler, c'est peut-être...
que... je ne sais pas... la peur ? tenta d'expliquer le braqueur... Vous avez dû avoir un
traumatisme dans votre enfance, c'est certain,
et la peur vous aura...

Philippe le coupa net.

— Un traumatisme ? Notre fille a été élevée
dans l'amour...

Rose renchérit :

— Elle a été choyée, à l'abri des malheurs
et des injustices du monde !

Chloé se tourna vers l'homme qui avait
baissé son revolver. Il était fait du même bois
qu'elle. Elle le savait. Elle le sentait.

— Vous avez raison, monsieur... lui murmura Chloé d'une voix à peine audible.

L'évidence embrasa le corps tout entier
de Chloé et, comme une gloire illumine un
tableau, la révélation qui venait de la foudroyer éclaira son visage d'un halo céleste.

Rose contemplait sa fille avec la béatitude
des dévots devant la grotte de Soubirous. La
chair de sa chair semblait visitée par le divin
et toute sa personne rayonnait d'une beauté
sereine. Car à cet instant, Rose lui trouva la
beauté d'un ange.

— Putain oui ! Il a raison ! J'ai eu une chiée de traumas !

Force était à Rose de constater que sa fille n'avait pris des anges que l'apparence.

— Non mais qu'est-ce que tu racontes ? s'indigna Philippe.

— Vous m'avez élevée dans du coton ! Surprotégée ! Je voulais un truc ? Même pas le temps de le dire ! Vous précédiez mes désirs ! Vous saviez mieux que moi ! Vous pensiez pour moi ! Vous parliez pour moi ! J'avais pas besoin de demander ! Vous me donniez tout ! Alors à force de pas demander... eh ben je l'ai fermée ! Et à force de la fermer... eh ben j'ai plus su parler !

— Ça, c'est surtout ta mère qui...

— Non papa ! Toi c'est pareil ! *N'aies pas peur mon bébé !... Faut pas avoir peur ! Jamais !...* tu disais ! Mais les enfants ont besoin d'avoir peur ! Les enfants adorent avoir peur ! C'est ça qui te construit un gosse ! Vous m'avez ramolli le cerveau ! Vous avez fait de moi une décérébrée béate !

— Tu nous fais des reproches tout à fait injustes ! Maintenant que tu trouves tes mots, tu dis n'importe quoi ! s'insurgea Philippe.

*Un escargot tout chaud*

— Et le petit chaperon rouge ? Tu crois que depuis, je ne l'ai pas lu, *Le Petit Chaperon rouge* ? Tu crois pas que je suis au courant, maintenant, qu'il y a un loup ! lui cria-t-elle, furieuse.

— Vous ne lui aviez pas dit ? s'étonna Edwige.

Pour toute réponse, Philippe baissa la tête.

— Oh bah non ! Trop violent ! Surtout ne pas m'effrayer ! La peur ! Toujours la peur !

— Mais... y avait quoi à la place du loup ? demanda Gildas qui venait de sortir, pour un temps, de sa dépression.

— Un lapin ! répondit Chloé avec haine. Un lapin, qui sautait jusqu'à la maison de la mère-grand ! Un lapin qu'avait mis le bonnet de la vieille et qu'avait de grandes dents pour mieux... croquer des carottes, mon enfant ! Et la grand-mère qui rappliquait en disant : « Ah ah ! on t'a fait une bonne farce, petit chaperon rouge ! Ce lapin, quel blagueur ! On va manger la bonne galette tous les trois ! Miam miam miam ! » Fin de l'histoire. Bonne nuit. Fais de beaux rêves.

— Je ne voulais pas que tu fasses de cauchemars... dit pitoyablement Philippe.

— Ça risquait pas ! ironisa sa fille.

— Et les trois petits cochons ? s'inquiéta Gildas, qui trouvait terrifiant d'infliger ça à son enfant.

— Lapin. Toujours les lapins. Des maisons en paille, en bois, en ciment ! pourquoi ? pour se protéger des lapinous !... Je peux plus les saquer, les lapins !... C'est pour ça que je ne suis jamais en retard et que je viens toujours aux rendez-vous.

— Enfin quand même ! s'inquiéta Mme Pigrenet... A l'école on a bien dû vous dire...

— Quelle école ? Je n'ai jamais été à l'école ! Des cours par correspondance ! Sur la table de la cuisine ! Sous l'œil de papa et maman ! Voilà ! Voilà mon enfance !

Un silence mortifié s'abattit sur toute la bijouterie.

— Pas d'école ?

Edwige regardait les parents indignes, le souffle coupé.

C'est Rose qui rompit le silence en premier.

— Mais enfin ma chérie... on ne pouvait pas te mettre à l'école, tu bégayais !

— Tu n'aurais pas été à ta place avec des enfants normaux... poursuivit Philippe.

— Normaux ? Si vous aviez voulu que je sois normale, vous auriez fait appel à un médecin, un spécialiste ! T'as fait appel à un orthophoniste ? Non ! Rien ! C'était trop risqué que je devienne normale ! Vous auriez été obligés de me mettre à l'école, j'aurais eu des copains, des copines, des jardins secrets, des joies, des peurs, des tristesses, des marelles et des balles au prisonnier, des goûters ramollis dans le cartable et des odeurs de cantine ! Vous m'avez retiré tout ça ! Vous m'avez voulue pour vous ! Que je reste la petite fifille ! Parce que vous n'aviez rien d'autre à foutre ! Parce que vous n'avez pas de vie ! Vous avez voulu que je n'en aie pas, moi non plus ! Eh ben c'est raté ! Au cul la balayette !

Elle se tourna vers son braqueur qui ne la braquait plus et posa sa main sur son bras, avouant par ce simple geste une reconnaissance immarcescible :

— Grâce à vous ! Vous m'avez fait si peur ! Vous m'avez terrifiée !

— Je vous demande pardon…

— Ne dites pas ça… Je n'aurai pas assez de toute ma vie pour vous remercier !

— Comment tu peux dire ça ? Il a voulu te tuer ! s'insurgea son père.

— Et il m'a donné la vie ! Vous m'aviez endormie, il m'a réveillée !

— Comme le prince charmant dans Blanche-Neige ! s'exclama Edwige en battant des mains.

— Je ne crois pas au prince charmant, dit Chloé... mais faut que je vous embrasse ! Je peux ?

Comme la question était davantage une requête qu'une demande réelle, il ne répondit pas.

Alors Chloé souleva la cagoule de l'homme et claqua un baiser sonore sur sa joue à la façon des enfants, désavouant ainsi son désir profond d'en poser un silencieux et doux sur ces lèvres aux si souriantes commissures.

La cagoule était tombée à terre et le chien s'y précipita, la prenant fièrement dans sa gueule comme un trophée. Il se mit à courir autour de la pièce avec la fougue d'un jeune chiot qu'il n'était plus, excité par ce jouet insolite imprégné par la bonne odeur de son nouveau compagnon de jeu. Mais dans son excitation, Barry négocia son virage avec un retard fatal et sa course effrénée termina dans le mur. L'animal poussa un cri plaintif et alla se cacher dans un coin, tout aussi vexé que blessé.

A présent que le masque du braqueur était tombé, tous regardaient en silence le visage du jeune homme. Car c'était un tout jeune homme, sorti de l'enfance depuis peu. Et c'était tant mieux qu'il en fût sorti parce qu'il n'avait pas dû y être heureux. Ses yeux gris argenté rappelaient les feuilles d'olivier mais son regard était sombre, comme couvert d'un voile endeuillé. Une veine traversait son front de la racine des cheveux jusqu'aux sourcils et, malgré les boucles blondes collées par la chaleur qui la dissimulaient à moitié, cette veine adorable apparaissait puis disparaissait, offrant à ce visage un mélange de virilité sauvage et de fragilité enfantine. Son nez droit donnait à son profil la noblesse d'un prince égéen et une petite fossette divisait avec charme un menton volontaire qui, pour le coup, ne semblait plus vraiment sûr de vouloir. L'homme était définitivement bien joli.

Chloé fut la seule à n'en pas être troublée. Elle le pressentait. Son maïeuticien ne pouvait être que beau. Ce qu'elle ignorait, c'était son prénom. Alors elle le lui demanda.

— Comment vous vous appelez ?
— Je m'appelle Pierre.

— Pierre ? C'est un nom de caillou !... Mais ça vous va bien. Vous vous êtes endurci comme de la pierre parce que vous aussi vous avez été traumatisé ! Pas vrai ?

Chloé connaissait la réponse. Et parce qu'elle la connaissait, il ne répondit pas.

Mme Pigrenet fixait le fameux Pierre avec concentration. Son visage, son regard surtout lui disaient quelque chose. Elle l'avait déjà vu ! Mais où ? Et puis soudain, elle se rappela.

— Pierre ! Mais c'est le petit Pierrot de Cambremer !

Pierre leva la tête et regarda Mme Pigrenet comme une étrangère familière.

— C'est moi ! Edwige ! Vividge ! Le stylo à quatre couleurs !

Pierre chancela dangereusement au point que Chloé le retint instinctivement par le bras, mais le cerveau du jeune homme, occupé à réunir tous ses sens enfouis qui surgissaient pêle-mêle de son enfance, empêcha lui-même le malaise.

Sans prévenir, les odeurs, les sons, les visions nettes et précises, les goûts et les caresses l'envahirent... Les émotions venaient de loin, profondément endormies dans un coin de sa mémoire... et voilà qu'elles se réveillaient brusquement, se mélangeant les unes aux autres, totalement indisciplinées, ne sachant dans quel ordre elles devaient se présenter... l'odeur du clafoutis aux cerises, l'eau fraîche qu'on remonte du puits, les baisers magiques qui font s'envoler les bobos, les confitures de rhubarbe crachant leur mousse dans les marmites en cuivre, les draps humides imprégnés d'herbe fraîche, les bouillottes de briques chaudes enveloppées dans le papier journal, la main de Vividge dans ses cheveux, le tracteur de Norbert... Sa mémoire passait du photographe impeccable au parfumeur de génie.

Et ce stylo ! Comment avait-il pu oublier le stylo à quatre couleurs que Vividge et Bébert lui avaient offert ? Du haut de ses six ans, il s'acharnait à vouloir baisser les quatre couleurs en même temps... Non ! disait Vividge. Tu dois choisir entre le noir, le vert, le bleu ou le rouge ! Et lui, lui qui s'obstinait ! Je veux faire un rond, juste une fois, un joli rond noir, vert, bleu et rouge à la fois, qu'il disait.

Le menton de Pierre se mit à trembler et sa fossette n'en devint que plus charmante. Il se précipita dans les bras d'Edwige.

— Vividge!

On eût dit qu'il la cherchait alors qu'elle était là, serrée dans ses bras, qu'il l'appelait tandis qu'elle murmurait son nom : *Pierrot!* Et Pierre se mit à pleurer comme une petite pierre qui aurait été forte trop longtemps. Il ne pouvait dire que ça : Vividge! Vividge!

— Je suis là, mon petit Pierrot... P'tit bonhomme... qu'a eu tellement de malheurs...

— Qu'est-ce qui s'est passé? demanda Chloé.

— C'est un petit gars de l'assistance... la famille qui l'a recueillie n'était pas méchante mais bon... ils ne l'ont jamais compris... On habitait juste à côté... il était toujours fourré chez nous... Et puis on a dû partir parce que Norbert, il en pouvait plus du crachin normand! Il en pouvait plus de faire de la betterave! Alors il m'a dit : « Viens, on descend dans le sud, on aura du soleil! Et je ferai du tournesol! » J'ai dit au revoir au p'tit Pierrot... Il venait d'avoir sept ans... je lui ai dit : « T'as l'âge de raison! Faut pas pleurer! »... mais il pleurait! comme aujourd'hui... Qu'est-ce t'as fait tout ce temps, mon Pierrot?

*Un escargot tout chaud*

Pierre se dégagea des bras d'Edwige et planta son regard dans le sien. Il lui parla comme s'ils étaient seuls au monde, comme s'il était sur ses genoux, dans la cuisine aux rideaux à carreaux rouge et blanc.

— On m'a changé de famille, Vividge. Peu de temps après que tu sois partie.

— Pourquoi ?

— J'ai été méchant.

— Toi ? Méchant ? Non !...

Malgré le braquage avorté, Mme Pigrenet ne pouvait croire que son petit Pierre ait pu être un jour méchant.

— Avec un animal.

— Avec un animal, en plus ? Toi qui aimais tellement les animaux ! T'avais peur des araignées mais tu voulais pas qu'on les écrase ! T'as fait du mal à qui ?

— Une souris. Ils m'ont envoyé chez le psychiatre qu'a dit que souvent, les grands criminels commençaient comme ça : par faire du mal aux animaux. Et qu'il fallait qu'on fasse attention à moi parce que... je risquais de mal tourner... que j'allais peut-être devenir un psychopathe... Ils m'ont envoyé dans une autre famille... J'ai été de famille en famille...

103

A dix-huit ans je suis parti… J'ai rien fait de ma vie… Que des conneries… A cause d'une souris.

— Qu'est-ce tu lui as fait, à ta souris ?

Pierre hésita un moment. Il n'avait pas peur d'être jugé, non. Il avait peur de se remémorer. Il croisa le regard de Chloé et la force lui revint.

— Je… je voulais savoir… J'étais obsédé… il fallait que je sache si c'était vrai, ce qu'on disait !… C'est pas ma faute, j'étais tellement petit !… J'ai pris une souris… je l'ai trempée dans un pot de peinture… de la peinture verte… après je l'ai prise par la queue… je l'ai trempée dans l'huile… je l'ai ressortie… je l'ai trempée dans l'eau… J'ai attendu… Je croyais qu'elle allait devenir un escargot tout chaud… Elle est rien devenue… Elle est juste devenue morte.

Chloé s'approcha de Pierre et posa sa main sur son épaule.

— On n'a pas eu de chance avec les histoires pour enfants, pas vrai ?

Il se tourna vers elle et prit ses jolis poignets fins.

— Oui… mais maintenant on est grands. Faut oublier.

*Un escargot tout chaud*

— Faut pas oublier, répondit-elle, pleine de vie. Faut leur dire aux mômes que les ogres mangent les enfants et que les loups se jettent sur les grands-mères...

Pierre se mit à sourire. Un grand et large sourire. Chloé remarqua qu'il avait les dents du bonheur. Et elle se dit qu'elle ne laisserait pas s'échapper le bonheur. Elle voulait des enfants de cet homme, elle en voulait plein, qu'il y ait des rires dans la maison, du chocolat chaud, des mauvaises notes et des bonbons, du sirop de grenadine et du mercurochrome, des doudous qu'on retrouve et des chaussettes qui se perdent...

— Un jour j'aurai des enfants, lui dit-elle. J'achèterai des stylos à quatre couleurs et je leur dirai que, si on va très vite, on peut descendre toutes les couleurs en même temps. Et peut-être que eux, ils y arriveront...

— C'est impossible! lui répondit Pierre en éclatant de rire.

— Ils essaieront... pendant ce temps-là on aura la paix... et on pourra s'embrasser, dit-elle le plus naturellement du monde.

Alors, en attendant les enfants à naître, ils avaient la paix et Pierre l'embrassa.

Rose ne tenta pas de les séparer. Elle ne reconnaissait pas sa fille et c'est une étrangère que cet homme embrassait. Il semblerait que Philippe pensa la même chose, car lui non plus ne bougea pas.

Rose les regardait attentivement, se demandant en quoi l'étreinte de ces deux êtres lui semblait si particulière. Ils étaient jeunes, ils s'embrassaient, le garçon serrait la taille de la fille. Tout était réuni pour faire de ces deux-là la carte postale classique des jeunes amoureux. Amoureux ! Voilà ce qui manquait. Ils n'étaient ni amoureux, ni passionnés : ils s'aimaient. Ces deux anciens enfants s'étaient cherchés sans le savoir et, venant de se trouver, avaient brûlé les étapes de la passion, ces étapes qui enfièvrent, ces étapes si pleines de fébrilité, ces étapes qui passent si vite et que l'on regrette tant lorsque l'on jette un œil en arrière, ces étapes qui ne reviennent jamais dans un couple, quoiqu'on fasse et quel que soit l'artifice employé. Le désir sexuel ne les animait pas, conscients qu'ils avaient tout le temps, toute la vie pour ça. Ils faisaient les choses à l'envers et, pour cette raison, les feraient bien.

Tous les regards étaient tournés vers cette étreinte aimante plutôt qu'amoureuse et personne ne se souciait plus de Walter.

— Lâche-la, espèce d'ordure ! hurla-t-il.

Walter se tenait devant eux, menaçant.

Le jeune couple se désembrassa et Chloé se tourna vers lui.

— Ah ! le voilà, le planqué ! Le courageux, le téméraire, qu'a pas dit un mot quand j'avais un flingue sur la tempe mais qui ouvre sa grande gueule quand Pierre m'embrasse ! A croire que ça t'est plus insupportable de me voir dans les bras d'un homme qu'allongée sur le sol, gisant dans mon sang !

— Je l'avais oublié, celui-là ! C'est qui ? demanda Philippe à sa femme.

Gildas, excité à l'idée qu'il n'était plus seul dans le malheur puisqu'un drame se profilait, devança Rose et lâcha :

— C'est son futur fiancé !

— C'était ! Si vous aviez un peu suivi l'affaire vous auriez… commença à expliquer Mme Pigrenet avant d'être coupée par une Chloé qui ne décolérait pas..

— « Fiancé ? » hurla Chloé. Et ta sœur ?… L'amour avec un grand A ! Mon cul ! L'amour avec un grand con, oui! Toute façon, Walter c'est un nom de chiottes!

— Elle est décidément très très vulgaire ou c'est moi qui ne suis plus dans le coup? demanda discrètement Mme Pigrenet à Gildas.

— Tu parles très mal! la gronda Rose.

— Je parle! Tu devrais être contente!

— Mais t'as combien de conquêtes? s'inquiéta Philippe avant d'ajouter, anxieux: J'espère au moins que tu n'as pas fait la chose! Tu es beaucoup trop jeune!

— La chose? demanda Chloé, qui ne voyait pas du tout ce dont son père voulait parler.

— Oui! La chose! répéta Rose en faisant traîner le O comme si le prolongement suppléait à lui seul toute explication.

— Mon pauvre Norbert! A la fin de sa vie, il n'avait plus toute sa tête mais… la chose, ça! il avait pas oubliée! ajouta Edwige.

— Mais de quelle chose vous parlez à la fin?

— Faire l'amour! expliqua Gildas.

Chloé réalisa enfin.

— Ah…! La chose! La chose, répéta-t-elle affligée… Non mais franchement, vous m'avez fait peur avec votre truc! La chose! Moi, j'imaginais un monstre! Et quand on connaît

Walter, y a rien de monstrueux, croyez-moi !
… Oui, on l'a fait ! Et vous voulez savoir ? On
l'a fait et ça m'a rien fait !

La virilité de Walter en prit un coup. Il se
devait de relever.

— Menteuse ! Je t'ai entendu pousser tes
petits… tes petits…

— C'est bon ! On ne veut pas de détails !
ordonna Philippe qui ignorait tout des problèmes sémantiques du garçon.

— Soupirs ? demanda Rose, qui ne tenait
pas plus que son mari à avoir des précisions
mais qui ne pouvait s'empêcher de trouver le
mot que Walter cherchait.

— Grognements ? enchaîna Gildas.

— Ronronnements ? Je demande… parce
que mon Norbert disait que je ronronnais
comme un petit chat… La vérité c'est que bien
souvent je m'endormais pendant la chose et
que, comme j'ai un problème de luette, c'est
de famille, on a tous une grosse luette, on sait
pas pourquoi, c'est comme ça, c'est ce qu'on
appelle l'hérédité… bref, ça frotte dans la
glotte et on ronfle légèrement… Je voulais me
faire opérer mais ma sœur s'est fait opérer et
elle a fait angine sur angine ! Alors moi, je me

suis dit « non merci ! si c'est pour être sous antibiotiques tout le long de l'année ! Je préfère encore garder ma luette comme elle est ! »... et j'ai continué à...

— Râles ! coupa Walter en retrouvant de sa superbe.

— Râles ! répéta Chloé, ironique. Je n'ai jamais poussé de râles, connard !

Mais Walter n'en démordait pas. Et, sûr de ce qu'il avançait, il se mit à l'imiter :

— Aaah... aaah... tu faisais ! Je ne suis pas sourd !

— T'es pas sourd mais moi j'étais bègue, crétin ! Aaa... aaa... arrête ! C'est ça que je voulais dire !

Puis elle s'adressa à ses parents :

— Alors oui ! Pour la première fois, je l'ai faite avec lui... la chose ! Et je me suis dit, si c'est ça baiser, ben vrai, je préfère me la recoudre et regarder *Chasse et Pêche* à la télé jusqu'à la fin de mes jours !

Rose se demandait vraiment d'où sa fille tenait un tel vocabulaire. Et sur quelle chaîne pouvait bien passer *Chasse et Pêche*.

Constatant que sur l'échelle de l'amour, Walter était tombé relativement bas, il se mit en quête de regrimper les barreaux coûte que coûte. Il bomba son torse malingre, ce qui fit ressortir ses côtes, et s'avança vers le braqueur, l'air menaçant.

— Je t'ai dit de la lâcher, OK ?

Pierre, qui avait pitié de ce pauvre garçon, ne voulut céder à la vulgarité d'une bagarre perdue d'avance, vue la faible corpulence de l'adversaire.

Walter prit la main de Chloé.

— Tu as perdu la tête, je te pardonne... Viens, mon amour...

— Ne me touche pas ! Va-t'en, avec ta tête de tri sélectif !

Rose ne put s'empêcher de constater que sa fille avait raison. Walter avait une tête à faire du tri sélectif et c'est sans doute pour cette raison, entre autres, qu'elle avait été instinctivement rebutée. Rose avait toujours trouvé ridicule de séparer les cartons des plastiques ou le verre de la nourriture au prétexte de sauver la planète, quand on laissait librement dégazer les navires en pleine mer, les usines cracher leurs fumées toxiques, les vaccins contenir de l'aluminium, et tant d'autres obscénités criminelles impunies. Elle mettait tout en vrac dans

111

sa poubelle, trouvant que le problème n'était pas tant de trier sa nourriture mais bien plutôt que tout le monde ait à manger. Quand ce jour viendrait, alors, oui, elle trierait.

— Pour l'instant je n'ai utilisé que les moyens moyens! Ne me pousse pas à utiliser les grands! dit Walter d'un ton calme.

— Laisse-moi, je t'ai dit!

— Très bien! Tu l'auras voulu! Puisque tu me pousses à commettre l'irracommodable!

— L'irracommodable! T'as des chaussettes à repriser? lança ironiquement Chloé.

Walter prit conscience que le vocable, encore une fois, n'était pas celui souhaité. C'est vraiment pas le moment, pesta-t-il in petto avant de poursuivre :

— L'irrem... l'irré...

— Vous êtes sûr que ça commence par « l'ir... »? demanda Rose.

— Sûr et certain!

— L'irremplaçable?

— L'irrémédiable?

— L'irréel?

— L'irradié?

— L'hirondelle?

C'était contagieux et tout le monde s'y mettait.

Encore une fois, c'est Rose qui trouva.

— L'irréparable ?

— L'irréparable ! clama Walter, ignorant la réponse de Rose pour s'en attribuer la paternité.

— Chantage au suicide ? ironisa Chloé.

— Suicide ? Va y avoir du sang, oui ! Mais ce ne sera pas le mien !

Walter mit la main dans sa veste et en sortit un flingue.

Instinctivement, tout le monde fit un pas en arrière.

Philippe reconnut immédiatement son pistolet.

— Mais c'est mon pistolet !

— J'imagine, puisque je l'ai trouvé dans le tiroir de ton bureau !

Rose se demanda avec curiosité pourquoi la possession d'une arme entraînait systématiquement le tutoiement. Elle voulut vérifier si sa théorie était exacte et lança :

— Allons, mon petit Walter ! Ne faites pas de bêtise !

— Toi, je t'ai rien demandé !

Oui. C'était bien systématique ! Tutoiement et port d'arme semblaient définitivement aller de pair.

— Mais enfin, papa! Qu'est-ce que tu fais avec un revolver? demanda Chloé.

— C'était pour ta mère… Au cas où elle se ferait agresser et que je ne sois pas là…

Rose tombait des nues.

— Une arme? Ici! Je t'ai déjà dit que je ne supportais pas l'idée d'avoir une arme!

— C'est pour ça que je ne t'en ai pas parlé…

Le flou se fit dans le regard de Rose. Philippe avait acheté cette arme pour qu'elle se défende mais lui en avait caché la présence. Quelque chose n'allait pas.

— Et en cas d'agression? comment je m'en serais servie, d'après toi, puisque j'ignorais sa présence?

Philippe réalisa que sa démarche manquait de cohérence. Cependant, il n'était pas question de mettre à la retraite des années de mauvaise foi, surtout devant tout le monde.

— Alors voilà! voilà! Ah, je te reconnais bien là avec ta petite logique de bonne femme! Les chaises, c'est pour s'asseoir… les lunettes, c'est pour voir… et les verres? pour boire pendant qu'on y est!?

— Bah… oui! Un verre, c'est fait pour y boire!

— Non! On peut y mettre des fleurs, si on veut!

— Ça s'appelle un vase...

— C'est reparti! C'est bien féminin, ça! Tu veux que je te dise? Petite logique, petit esprit! Et puis c'est tout!

Philippe, qui n'était pas idiot, se rendait compte qu'il avait poussé la mauvaise foi un peu loin et ne se sentit pas très fier de lui.

— Alors maintenant, Chloé, tu viens avec moi ou je descends l'autre abruti qui veut changer les souris en escargots!

Chloé se saisit alors du revolver de Pierre. Elle pointa l'arme sur Walter.

— Tu le butes, je te bute.

— Mon revolver n'est pas chargé, dit Pierre.

Walter se mit à rire.

— Ah le crétin! Ah le crétin!

Pour une fois, Rose était d'accord avec lui.

— Mais enfin, Pierre! Quand on fait un braquage, la moindre des choses c'est d'avoir une arme en état de marche! Vous n'arriverez à rien dans la vie, sinon! souligna Rose, accablée par tant d'amateurisme.

— Rose a raison, enchaîna Philippe... Vous n'êtes pas obligé de tuer... vous tirez en l'air histoire de faire peur à tout le monde et là, je vous assure que vous obtenez ce que vous voulez ! Voyez, je crois même que c'est ça qui a manqué ! Vous auriez tiré en l'air… ou mieux, sur un objet… tenez par exemple, cette horloge… L'horloge part en morceaux. On s'identifie à cette horloge. On s'imagine partir en morceaux. On donne la combinaison du coffre !

— Je sais, reconnut piteusement Pierre. Je loupe tout.

— Arrêtez de l'accabler, intervint Edwige. Vous croyez pas qu'il a déjà assez souffert dans sa vie ?

— Il va arrêter de souffrir, croyez-moi ! hurla Walter.

Chloé se planta devant Pierre, faisant un maigre rempart de son corps.

— Tu me tueras avant !

Son sacrifice fut de courte durée car Pierre poussa Chloé dans les bras de son père pour s'offrir tout entier à son tueur.

— Vas-y ! Tire ! Idiot qui s'imagine qu'en me tuant, Chloé se jettera dans tes bras !

— Tu me l'as prise, tu vas payer !

— Je ne t'ai rien pris. Elle m'était destinée. On ne peut rien contre le destin.

— Chloé était à moi !

— Personne n'est à personne. Il n'y a que les chiens pour appartenir à leurs maîtres ! Sois le maître de toi-même avant de prétendre être celui de quelqu'un d'autre ! Et quand on a une arme dans les mains, c'est qu'on n'est pas maître de soi !

— C'est toi qui dis ça ! Toi qui menaçais il n'y a pas cinq minutes !

— Je voulais de l'argent. Ironie du sort, j'ai trouvé l'amour. On ne braque pas un cœur avec une arme. L'amour est bien trop désarmant pour ça !

Philippe fonça sur Walter et, en un éclair, il le ceintura.

— Ça suffit la parlotte ! Rends-moi mon arme !

Mais Walter, qui n'avait plus rien à perdre, se défendait vigoureusement. Sa détermination remplaçait les muscles qu'il n'avait pas et Philippe fut surpris par sa résistance.

Tous lui tombèrent dessus, Mme Pigrenet en premier.

Le chien, qui s'était remis de son virage mal négocié, se leva d'un bond pour venir jouer avec eux. Dans la bagarre, il prit un violent coup de pied qui l'envoya contre le mur. Il se laissa tomber dans un coin, dégouté d'avoir été exclu de façon si brutale.

Pierre récupéra le pistolet. Walter voulut lui reprendre et le lui reprit quelques secondes. C'était une mêlée de coups fort désorganisés et la confusion était totale. Walter était animé d'une telle rage que ses forces s'en voyaient décuplées.

Philippe hurla :

— Madame Pigrenet ! Dégagez de là !

— Je ne veux pas qu'on fasse mal à mon petit Pierrot ! hurla-t-elle en tapant au hasard.

— Vous servez à rien ! Vous nous encombrez ! lui gueula Philippe, essoufflé. Et toi aussi, Rose ! Dégage !

Ce qu'elle fit, se disant qu'après tout ils étaient bien assez grands pour se débrouiller tout seuls et que finalement la meilleure chose à faire était encore de…

Rose ne put finir sa pensée. Le coup résonna dans la bijouterie.

Le silence tomba et Rose aussi.

Philippe resta interdit quelques secondes, le pistolet dans la main. Il venait de tirer sur sa femme.

La balle l'avait atteinte. En plein cœur ? Rose

n'aurait su le dire. Avait-elle mal ? Elle n'en était pas certaine. Rose ne pouvait définir ce qu'elle ressentait exactement. Elle ne pouvait plus bouger. Etait-elle paralysée ? Elle remua les orteils... Les orteils bougeaient. Elle allait mourir avec toute la motricité de ses jambes, ce qui la rassura.

Dans l'état cotonneux dans lequel elle se trouvait, Rose entendit la voix de sa grand-mère : « Ma petite, il faut toujours avoir une culotte propre ! On ne sait jamais, en cas d'accident ! » Et Rose s'imaginait que les secours regardaient avant tout les sous-vêtements. Culotte propre ? Allez-y les gars, dépêchez-vous ! Gyrophares ! On fonce ! Préparez la perf ! Pas de temps à perdre !... Culotte sale ? Attendez les mecs, on fume un clope d'abord... oui, je sais, le pouls est faible, elle a perdu beaucoup de sang, faudrait faire vite mais... vous avez vu l'état du slip ? Alors, on se calme, ok ?

Et malgré l'absurdité de la chose, Rose avait toujours gardé en mémoire les recommandations de sa grand-mère.

Elle avait une culotte propre, ça elle en était sûre. Mais les élastiques sur les côtés avaient renoncé à leur rôle depuis longtemps. Ça, c'était un mauvais point pour elle. Rose était désespérée. Pourquoi avait-elle hésité ce matin à mettre une culotte neuve ?! Au marché il y avait eu des promos sur un lot de culottes en joli coton blanc et elle avait acheté deux lots d'un coup, ce qui lui faisait six culottes. Mais elles étaient reliées entre elles par un fil cousu serré et, n'ayant pas de ciseaux assez fins sous la main – elle ne tenait pas à les abîmer en risquant d'y faire un trou comme elle l'avait fait auparavant avec ses chaussettes quand, trop pressée, elle avait séparé les chaussettes cousues entre elles par ce maudit fil avec de gros ciseaux de cuisine qui avaient fait un petit trou... le trou s'était agrandi, l'orteil avait commencé à pointer le bout de son ongle... bref, au bout d'un mois elles étaient bonnes à jeter – elle avait donc rangé ses culottes telles quelles en se disant que le moment serait venu, en fin de journée, quand elle aurait fermé la bijouterie, de les séparer délicatement afin que l'histoire des chaussettes ne se reproduise pas à l'échelle de ses culottes.

— Vous l'avez tuée ! Vous avez tué votre femme ! hurla Walter... J'appelle la police !...

Je vais tout raconter, le braquage, le meurtre...
tout! Et vous finirez en taule!

Et Walter lâcha un rire démoniaque.

Alors Pierre lui mit son poing dans la figure
et Walter cessa son rire démoniaque.

Philippe se précipita sur sa femme. Le sang
commençait à se répandre doucement autour
d'elle. Il passa le bras sous le cou de Rose.
Elle esquissa un sourire. Depuis combien de
temps ne l'avait-il pas touchée? Depuis combien de temps n'avait-il pas eu d'attentions
pour elle? Ce bras était le plus doux des
coussins.

— Qu'est-ce que j'ai fait! Mais qu'est-ce
que j'ai fait! se lamenta Philippe. Faut appeler
les secours!

Rose ouvrit les yeux. Son visage était apaisé
et Philippe se surprit à la trouver fort belle.

— Non! Mes élastiques... ils tiennent pas.

— Elle délire! Rose... quels élastiques?...
demanda Philippe en faisant comprendre aux
autres, par un signe bien précis de la main, que
non seulement sa femme perdait du sang mais
qu'elle perdait aussi la tête.

Rose renonça à parler de l'usure de sa culotte, trouvant qu'avant de mourir l'anecdote

manquait de panache, et souffla d'une voix faible :

— Tu m'as tiré dessus... ils vont t'envoyer en prison...

— Ça c'est sûr ! renchérit Edwige... surtout que je dirai que vous lui avez caché la mort de votre mère ! tout ça pour avoir la liberté d'aller... on ne sait où... avec on ne sait qui...

— Pourquoi vous diriez ça ? lui demanda Philippe, sidéré.

— Parce que c'est la vérité !

— Mais ça n'a rien à voir ! C'était un accident ! Le coup est parti tout seul ! Appelez les secours !

— Non, Philippe ! Non ! Je t'en supplie !... Je ne veux pas te savoir derrière les barreaux... ta fille a besoin de toi... et moi, de ta main... dit la mourante.

Philippe lui prit la main.

Chloé se précipita vers sa mère.

— Maman ! Je te demande pardon... je ne pensais pas ce que je disais tout à l'heure... Mon enfance a été un rêve... vous m'avez donné tellement d'amour... oh maman, pardonne-moi !

— Non... tu avais raison... c'est moi qui te demande pardon...

— Non, c'est moi! insista Chloé.

— Non, c'est moi... pardon! répéta l'agonisante.

— Non, moi, pardon!

— Puisque je te dis que c'est moi! Enfin, merde! on ne t'a jamais appris à respecter les paroles d'une mourante?

— D'accord maman... je te pardonne! obtempéra Chloé.

— Merci. En même temps, quand on y pense, j'ai pas fait grand-chose de mal... Alors bon, je veux bien te demander pardon mais c'est vraiment pour te faire plaisir...

Chloé était perdue.

— Mais maman... c'est toi qui...

— Ne fatigue pas ta mère, coupa Philippe.

Rose se redressa légèrement.

— Je voudrais trouver une phrase avant de mourir...

— Tu ne vas pas mourir! Dites-lui qu'elle ne va pas mourir! supplia Chloé.

— Ben, en même temps... elle sait mieux que nous, répondit Gildas.

— Je voudrais trouver une jolie phrase...

qu'on puisse dire : « Avant de mourir, Rose a dit... »... mais a dit quoi ? Pas facile...

— Les roses aiment le soleil, alors viens, Grande Faucheuse, que cette Rose aille vers la lumière !

Rose s'énerva.

— Non, Gildas ! Non ! Ça veut rien dire, ton truc ! Je vais pas aller dans la lumière, je vais aller dans le trou ! Non... un truc plus... enfin moins...

— C'est pas le moment de penser à ça... lui dit Philippe.

— Si y a bien un moment où c'est le moment, c'est bien en ce moment... répondit Rose dans un souffle.

— Moi, mon pauvre Bébert, avant de mourir, il m'a demandé de la ratatouille... Il adorait la ratatouille... Je l'entends encore : « Il te reste de la ratatouille ? »... et pfft ! Il est mort... Et le pire, c'est qu'il m'en restait, de la ratatouille...

Gildas prit la main de Rose et lui demanda :

— Tu veux de la ratatouille ?

— Je vais pas partir en demandant de la ratatouille ! répondit Rose d'un ton las.

— De toute façon, c'était la phrase de mon

mari ! Et on prend pas les phrases des autres...
Ça va vous venir, ne vous inquiétez pas... au
dernier moment, comme ça ! vous vous y atten-
drez pas !

— Je ne verrai pas la nuit tomber... C'est
pas mal, non ? demanda Rose. Ça sonne bien,
je trouve ? Qu'est-ce que vous en pensez ?

— Oui, mais arrête de parler ! Parce que là,
ta dernière phrase c'est « qu'est-ce que vous
en pensez ? » répondit Gildas avec une logique
implacable.

— Tu veux un peu d'eau ? lui demanda
Philippe.

— Un alcool fort, ce serait mieux ! suggéra
Gildas en sortant une fiasque de sa poche.

— Tiens ! C'est du pommeau... 45°... Au
début ça arrache mais après on s'y fait !

Philippe souleva la tête de Rose et lui fit
boire un peu de pommeau.

Elle passa par plusieurs couleurs inconnues
au nuancier le plus élaboré.

Et puis, au bout de quelques minutes, Rose
redevint rose.

Pierre, qui cherchait fébrilement à quatre
pattes quelque chose qui semblait lui tenir
à cœur, se releva d'un coup et montra

triomphalement la balle qu'il venait de trouver.

— La balle est là !... Elle est ressortie, c'est bon signe !

— Vite ! De l'eau chaude et des linges propres ! ordonna Philippe.

— Ça, c'est pour quand on accouche ! objecta Gildas.

— Fais ce que je te dis, bordel !

Gildas s'exécuta. Il disparut par la porte du fond pour monter à l'appartement.

— Tu vas t'en sortir ! lui souffla Philippe.

— Je suis une Rose sans épine qui fut piquée bien plus qu'elle ne piqua... Notez, s'il vous plaît...

— Maman ! Tu veux vraiment que ce soit ça, ta dernière phrase ?

— C'est pas mal, observa Edwige.

Et elle sortit son petit calepin pour noter la dernière phrase de Rose.

— C'est pas un peu gnangnan ? observa Chloé.

— J'aimerais t'y voir ! Pour critiquer, tout le monde est là mais quand il s'agit de m'aider y a plus personne ! Eh ben ! J'aurai vraiment été seule jusqu'au bout ! Merci ! dit Rose d'une voix qu'elle trouva bien gaillarde pour une future morte, au point qu'un doute insidieux s'installa en elle.

Elle avait perdu du sang, c'est vrai. Elle n'avait pas l'expérience des balles et ne s'y connaissait guère en médecine, cependant elle commençait à réaliser que la blessure n'était sans doute pas si grave qu'elle l'avait imaginé. La douleur venait du bras. Elle posa ses doigts dessus. Il y avait un petit trou, c'était indéniable. La balle avait touché cette partie de son corps qu'elle détestait : l'endroit du bras où, avec l'âge, la peau se relâche inexorablement et finit par pendre à la façon d'un rideau disgracieux. Et à moins qu'elle ne fût bâtie différemment de ses congénères, il n'y avait aucun organe vital à cet endroit.

Philippe lui avait tiré dans le rideau et de ça, on n'en mourait pas.

Rose réalisa que, non seulement elle n'allait pas y passer, mais qu'avec un bon bandage elle pourrait même se lever.

Seulement Rose était dans les bras de Philippe et voulait en profiter.

— On aura été heureux, non ? demanda-t-elle, un trémolo dans la voix.

Edwige se dit que de toute évidence elle n'avait pas noté la bonne dernière phrase de Rose puisque celle-ci parlait encore. Elle ressortit son calepin et nota « on aura été heureux, non ? ».

— Oui… bien sûr… répondit Philippe, sans plus d'enthousiasme que ça.

Réponse qu'Edwige ne nota pas puisque Philippe, lui, n'était pas à l'agonie.

— Bah quand même ! Au début, on a été heureux ! insista Rose.

— Oui… tu m'as rendu très heureux… finit par dire Philippe.

— Ma blanquette de veau ? T'aimais quand je faisais de la blanquette de veau ?…

Edwige notait toujours scrupuleusement, consciente d'être la récipiendaire discrète dont le monde s'arracherait très bientôt les écrits.

— Oui… tu faisais de bonnes blanquettes… Attends, j'ai mal au bras !

Philippe lui soutenait la tête depuis un bon moment et sa circulation sanguine en pâtissait. Il changea donc de bras.

C'est à ce moment que Gildas réapparut, une casserole d'eau chaude d'une main et des torchons propres de l'autre.

— T'en as mis du temps ! râla Philippe.

128

— Le temps que ça bouille ! A mon avis faut changer la bouteille de gaz, parce que les flammes étaient très faibles !

— T'as pris quel rond ? lui demanda Rose.

— Le gros, à droite, au fond... répondit Gildas.

— Celui-là il a jamais bien marché, il a les trous bouchés ! Fallait prendre celui qu'est devant ! dit Rose sur le ton excédé des ménagères qui expérimentent au quotidien les travers de leur maison et qui sont les seules à connaître les astuces pour y remédier.

Edwige nota sans enthousiasme l'échange sur les défauts de la gazinière, espérant vivement que la moribonde allait se reprendre et trouver autre chose à dire avant de passer l'arme à gauche.

Philippe prit la casscrole et voulut y tremper les torchons. Il poussa un cri très bref suivi d'un juron très long.

— Mais bordel à cul de putain de chiottes ! C'est brûlant ton truc !

— Forcément ! Ça a bouillu ! Bouilli ? Merde ! Comment on dit quand ça bouille ?

— Bouilli ! répondit Rose, décidément très forte en mots à trouver.

Philippe se releva et alla chercher une bouteille d'eau qu'il versa dans la casserole afin de tiédir le tout.

— On va laver le sang d'abord... on verra mieux où t'es blessée... proposa Philippe en trempant un torchon dans l'eau.

Rose, craignant que son mari ne découvre la superficialité de la blessure et désireuse de garder le plus longtemps possible toute l'attention qu'il lui portait, hurla :

— Non ! Laisse !

— Je ne te ferai pas mal !

— Tu m'as déjà fait mal...

— Je te demande pardon !

Rose le regarda dans les yeux et, d'une voix suppliante, lui demanda :

— Avant de partir... Je voudrais savoir... est-ce que tu m'aimes encore un peu ?

— On parlera de tout ça plus tard... Laisse-moi faire !

Et Philippe commença à laver le sang qui s'était répandu un peu partout sur la poitrine de sa femme et le long de son bras.

— Le nom... le nom de ta maîtresse... dis-le moi !

— Arrête avec ça ! Lève ton bras que je voie l'étendu des dégâts...

— Si je m'en sors, tu me le diras ?

— Oui.

Alors Rose se laissa faire.

Philippe nettoyait le sang, essorant les torchons les uns après les autres sous le regard attentif de Chloé et de Pierre qui se tenaient la main, inquiets.

Edwige, le stylo en l'air, s'était désintéressée de la blessure, à l'affût de la moindre parole que pourrait prononcer Rose.

Le visage de Philippe s'éclaira d'un coup.

— Je crois que ce n'est pas grave ! Regardez ! La balle est passée là !

Tous s'approchèrent pour regarder le bras de Rose : la plaie ne faisait pas deux centimètres.

Pierre souleva Chloé en faisant tourner sa jolie robe.

— Ta mère est sortie d'affaire !!

— Vous êtes sûr ? demanda Edwige.

— Sûr ! répondit Philippe.

Edwige marmonna un « c'était bien la peine » à peine audible et rangea rageusement son calepin.

Rose sentit son cœur se serrer. Voilà. C'était fini. Philippe allait cesser de s'occuper d'elle, il lui ferait un bandage… et encore ! peut-être laisserait-il à Chloé le soin de le faire au prétexte qu'elle avait fait une année de médecine… La vie morne et triste allait reprendre.

L'accident ne serait bientôt plus qu'un incident, une chose sans importance. Comme elle.

— On va te faire un bandage, lui dit Philippe.

— On ? demanda Rose qui savait déjà ce que cet impersonnel supposait.

— Chloé ! Elle a fait une année de médecine, elle saura mieux que moi !

Alors Rose retint comme elle put les larmes qui montaient.

— Pleure pas, maman ! Ça va pas te faire mal !

— Si... ça fait mal, murmura Rose.

Chloé s'apprêtait à faire le bandage quand la porte de la bijouterie s'ouvrit.

L'homme était impressionnant. Chaque partie de son corps était démesurée. Il avait trop de tout. Trop de cheveux, trop de front, trop de carrure, trop de muscles, trop de mâchoire. Il se tenait placidement les bras le long du corps et ce calme apparent n'en était que plus angoissant. Ses énormes mains noueuses semblaient avoir été créées pour étrangler.

Et malgré cette apparence effrayante, toute sa personne paraissait d'une grande timidité. Il sembla même qu'il se mit à rougir en entrant dans la bijouterie.

Sans s'être concertés mais assurés du danger que représentait l'arrivée de cet hercule, Philippe avait récupéré son pistolet et Pierre son revolver.

La porte ne s'était pas refermée sur le géant,

que les deux armes étaient déjà braquées sur lui.

Walter avait retrouvé ses esprits et se précipita dans sa cachette favorite, derrière le bureau de Philippe, emportant avec lui la fiasque de pommeau, histoire de se donner le courage d'attendre la fin du carnage.

Chloé se protégea derrière son nouvel amant, Edwige derrière Chloé, Gildas derrière Edwige formant ainsi une mini chenille comme savent si bien le faire les fêtards avinés en chantant à tue-tête « c'est la chenille qui redémarre… » bousculant chaises et tables sur leurs passages. Mais cette chenille-ci, loin de démarrer, tremblait de tous ses membres et tentait de se faire la plus discrète possible.

Barry, qui portait encore les séquelles de la bagarre, boitilla jusqu'au nouveau venu, la balle entre les dents. Il posa la balle sans conviction et attendit un moment.

— Couché ! ordonna Gildas.

Alors l'animal, fatigué de tout et des humains en particulier, alla se coucher, laissant la balle aux pieds de cet inconnu au cas où, par extraordinaire, ce dernier se déciderait à jouer avec lui.

Rose était toujours allongée par terre, délaissée de tous. Cependant, ayant vu rougir l'étrange visiteur, elle n'avait pas peur. *Un homme qui rougit ne peut pas être mauvais*, pensa-t-elle.

Constatant que l'accueil qui lui était réservé semblait pour le moins hostile, l'homme leva les bras en signe de soumission.

— Qu'est-ce que tu veux ? demanda Philippe d'un ton autoritaire, lors même que sa voix trahissait une peur évidente.

Désemparé, l'homme voulut parler mais aucun son ne sortit de sa bouche.

— Je te préviens ! si tu tentes quoique ce soit, c'est les pieds devant que tu sortiras d'ici ! continua Philippe.

Rose constatait une fois de plus le tutoiement lié au port d'arme. Vraiment, ce phénomène était un mystère pour elle.

Le colosse agita une petite chaîne qu'il tenait prisonnière entre son pouce et son index. Ses doigts étaient énormes et c'est à peine si l'on devinait la chaînette.

— Je voudrais faire réparer ma chaîne... dit l'homme, dont la voix douce contrastait avec l'imposante corpulence.

— Votre chaîne ? s'énerva Philippe en

rangeant son arme… Pourquoi vous l'avez pas dit plus tôt ? ! Il faut vous arracher les mots de la bouche ? Comment on peut deviner, nous ? C'est une bijouterie, ici, monsieur !

— Je sais… et c'est bien pour ça que…

— Et on n'entre pas dans une bijouterie comme ça avec… avec… l'air menaçant… ! se justifia Philippe.

— L'homme n'est menaçant qu'aux yeux de celui qui se sent menacé… coupa l'homme à la chaîne.

— Rien compris… dit Gildas en désertant la chenille.

L'homme s'aperçut alors que Rose était allongée par terre, nageotant dans un sang dont le flux s'était résorbé.

Il se précipita vers elle, paniqué.

— Rose ? demanda-t-il avec une charmante tendresse.

Rose avait tout de suite reconnu sa voix. C'était lui. C'était l'homme si délicat qui l'avait appelée ce matin.

— Oui… C'est vous ? C'est vous, Aymé ?

— Oui… Oh, Rose ! Que vous est-il arrivé ?

Il s'agenouilla près d'elle en lui prenant la main, comme s'ils étaient seuls au monde.

Philippe éprouva une curieuse sensation. Son estomac lui faisait mal et sa gorge se resserrait au point qu'il pouvait à peine déglutir. *Je suis en train de tomber malade*, se dit-il... *J'ai pas digéré le blanquette de ce midi et en plus je commence une angine !*

Malgré un ulcère galopant et une inflammation des amygdales, Philippe se demandait d'où ces deux-là pouvaient bien se connaître.

Il n'avait pas aimé cet homme, dès son entrée. Il représentait un danger, il le pressentait, mais un danger de quoi ? ça il l'ignorait.

Philippe se mit à le regarder de travers, mais pas trop, car le Aymé en question était sacrément balèze.

— Tu le connais ? demanda-t-il à sa femme d'un ton qui se voulait léger.

Rose était aux anges. Ce ton, elle l'avait connu il y a fort longtemps. C'était le ton qu'il prenait au début, quand ils se sont rencontrés, un petit ton détaché pour demander : « *tiens ? où étais-tu ?* » ou bien « *c'était qui cet homme avec qui tu parlais ?* » ou encore « *c'est quoi ce parfum ? C'est drôle, on dirait de l'after-shave ?* »... C'était le ton, le ton ravissant, le ton mélodieux, le ton adorable de la jalousie.

— Rose ? Je t'ai posé une question… Tu le connais ?

Philippe ne contrôlait plus sa voix et chantait presque.

En guise de réponse et, histoire d'exciter la jalousie de son mari, Rose plissa les yeux, s'efforçant de prendre un regard énigmatique, un regard sous-entendant que oui, peut-être, il se peut qu'elle le connaisse… Et elle plissa les yeux davantage encore, assurée d'obtenir ainsi quelques centimètres supplémentaires de mystère.

— Qu'est-ce que t'as ? T'as mal aux yeux ? demanda Philippe, imperméable aux subtilités oculaires.

Rose réalisa qu'elle n'était pas au point au niveau du regard. Elle abandonna l'exercice et se contenta de répondre :

— Je ne le connais pas… mais a-t-on besoin de connaître quelqu'un pour le connaître ?

Savourant avec délice la justesse avec laquelle Rose avait rapporté mot pour mot l'adage de ce matin, le visage d'Aymé s'éclaira d'un formidable sourire.

Il n'a pas le nombre de dents réglementaires, pensa Rose. Il en a beaucoup trop !

Mais même avec son trop-plein de dents, elle lui trouva un sourire irrésistible.

— Ça veut dire quoi, ça ? s'énerva Philippe d'une voix de fausset.

— Rose est blessée ! dit Aymé.

— Merci, on avait remarqué ! répondit Philippe.

Aymé passa ses bras sous le corps de Rose. Sans le moindre effort et aussi délicatement que l'on cueille les fragiles coquelicots, il l'envola du sol en la serrant contre lui.

Jamais Rose ne s'était sentie aussi légère. Il l'enveloppait comme une petite chose fragile qui peut se casser à tout moment... Une petite chose fragile ! Rose ferma les yeux pour mieux savourer cet instant d'apesanteur, cet instant où ses horribles kilos s'évanouissaient, cet instant où, délivrée de son corps, elle accédait à la vraie liberté. Comme on doit se sentir libre quand on est mince, pensa-t-elle...

— Non, Rose ! La liberté comme la beauté n'obéit pas à la dictature des kilos... répondit Aymé.

Alors Rose comprit qu'elle avait pensé à voix haute.

Et tout aussi délicatement qu'il l'avait enlevée, Aymé la posa sur le fauteuil.

Un court instant, Philippe crut voir un jeune marié déposant sa femme sur le lit nuptial.

Il sentit ses jambes l'abandonner au point qu'il dut s'appuyer au mur. *Mes jambes me lâchent, c'est pas bon signe*, pensa-t-il... *je dois faire de la tétanie, il faut absolument que je commence une cure de magnésium...*

Chloé s'approcha avec le bandage qu'elle avait soigneusement préparé.

— Il faut lui faire un bandage, dit-elle à Aymé.

— Donnez-moi de quoi désinfecter, vite !

Philippe était furieux. Comment cet homme osait-il s'occuper de sa femme ? A quel titre ? Il était peut-être d'une force herculéenne – pour avoir réussi à soulever sa femme à l'arraché sans transpirer une seule goutte, il le fallait ! – mais qu'importe ! C'est pas ça qu'allait l'intimider ! Non mais de quoi il se mêle, ce gars ! Et en plus il donne des ordres ! *Donnez-moi de quoi désinfecter, vite !* Il m'a pris pour son assistant ou quoi ? Ça n'allait pas se passer comme ça !

— On a du pommeau... lâcha Philippe.

— Donnez le pommeau! répondit Aymé.

La fiasque était introuvable. Tout le monde s'y mettait, cherchant dans les moindres recoins, recoin dans lequel Edwige trouva Walter, ivre mort. Il avait quasiment bu tout le pommeau. Edwige ramassa la fiasque et la donna à Aymé. Il ne restait plus que quelques gouttes d'alcool.

— Ça risque de piquer un peu... dit-il à Rose.

Aymé versa les dernières gouttes sur la blessure de Rose. Elle étouffa un cri.

— Je suis désolé...

Aymé le paraissait si sincèrement que Rose s'empressa de le rassurer.

— Ce n'est pas votre faute...

Il lui fit un bandage comme s'il avait fait ça toute sa vie.

— Voilà! C'est fini... dit-il. Vous vous êtes drôlement écorchée!

— C'est mon mari qui m'a tiré dessus...

Aymé devint blême. Il était comme assommé. Non pas qu'il fut horrifié qu'on ait tiré sur elle mais bien plutôt qu'elle fût mariée.

Il se leva, digne, et donnant de l'anoblissement à sa voix il déclara :

— J'ignorais que vous fûtes mariée... Veuillez recevoir, madame, l'assurance de mes sentiments distingués.

Et le colosse se dirigea vers la porte.

— Qu'est-ce qui vous prend ? demanda Rose.

— Laisse ! il veut partir, qu'il parte ! dit Philippe.

Rose réunit ses forces et se posta devant lui.

— Qu'est-ce qui vous arrive ?

— Je croyais que vous viviez seule, madame.

— Non ! Le mari est là et bien là !

Et Philippe se campa devant lui pour lui montrer qu'effectivement il était là et bien là.

— Là, t'es là mais souvent t'es pas là ! lui lança-t-elle sèchement.

— Monsieur, ma femme est mon épouse depuis bientôt trente ans, alors je ne vous retiens pas.

Et Philippe ouvrit la porte en grand.

— Eh bien permettez-moi de vous dire, monsieur, que si j'étais l'époux d'une femme aussi exceptionnelle que la vôtre, je ne la laisserais pas aller au cinéma toute seule !

— Il a raison, observa Chloé.

— Toi, on t'a pas sonnée ! répliqua Philippe avant de s'adresser à sa femme, atterré : Depuis quand tu vas voir des films toute seule, toi ?

— Depuis que tu m'as donné le mauvais rôle.

— Change pas de sujet, s'il te plaît !...

Puis il se tourna vers son rival :

— Donc, si j'ai bien compris, vous suivez ma femme !

— Je ne l'ai pas suivie. Elle allait au cinéma, moi aussi. Il n'y avait pas beaucoup de monde... Elle était assise, quelques fauteuils devant moi... Je la voyais de trois-quarts... Je n'ai pas regardé l'écran, c'est sur son visage que j'ai vu le film... Comme votre visage est expressif, madame ! Comme il rit et s'émeut tout aussi rapidement ! Vous ne regardiez pas le film, vous le viviez ! Et j'en fus bouleversé ! Quelle belle âme vous devez avoir pour accueillir autant d'émotions ! Je vous ai dessinée...

Aymé sortit un petit bloc à dessins. Chaque page offrait une esquisse différente de Rose. L'homme avait du talent et l'élégance du trait était l'œuvre d'un artiste qui avait su s'affranchir de la lourdeur du simple dessinateur dont les représentations, trop fidèles aux modèles, n'en font que de médiocres portraitistes.

Il n'avait utilisé qu'un crayon noir et, pourtant, chacun pouvait saisir le bleu des yeux et le blond des cheveux de Rose.

Et alors que les dessins passaient de mains en mains, suscitant à chaque nouveau croquis une admiration muette, Philippe ouvrit de nouveau la porte qui s'était refermée automatiquement.

— Bon! Vous dessinez très bien! Vous avez un grand avenir à Montmartre, place du Tertre! Y a plein de Japonais là-bas, vous allez faire fortune!

Imperméable au mépris de Philippe, Aymé récupéra son bloc qu'il rangea dans la poche intérieure gauche de sa veste, la plus proche du cœur. Puis il prit la main de Rose et déposa un baiser.

— Adieu madame...

— Je ne crois pas en Dieu.

— Moi non plus, répondit-il.

— Alors... disons-nous seulement... au revoir.

Philippe sentit son estomac se serrer davantage encore. Et, tenant la porte d'une main et son estomac de l'autre, il hurla à sa femme :

— La blanquette de veau, c'est terminé!!

Tous les regards se tournèrent vers lui. Que venait faire la blanquette? L'inquiétude était palpable. Rose fixait son mari. Elle avait presque peur. Le frère de Philippe était mort de poussées délirantes – il s'était jeté du 5e étage, assuré d'être un aigle royal, car il était non seulement délirant mais également mégalo et pour rien au monde ne se serait identifié à un vulgaire moineau – et s'était écrasé comme une merde, selon l'expression de son père qui ne l'aimait pas beaucoup.

— Comment ça, la blanquette de veau c'est terminé? demanda Rose.

— Je me comprends! répondit Philippe d'un ton sec et définitif.

Alors, puisqu'il se comprenait, personne ne chercha plus à le comprendre et tout le monde recommença à l'ignorer.

Aymé regardait avec regret la main de Rose qu'il tenait encore dans la sienne.

— Tout aurait été si simple pour moi, si vous aviez mis votre alliance...

— Malheureusement, je ne peux plus la mettre...

— Vous l'avez égarée?

Philippe lâcha la porte et prit fermement sa femme par son bras valide.

— Elle ne l'a pas perdue, elle a grossi et ça lui boudine l'annulaire! Maintenant, sortez! Et ouvrez la porte tout seul parce que, personnellement, j'en ai ras le bol de faire groom!

— Elle ne me boudinait pas... elle me serrait un peu! murmura Rose d'une voix douloureuse.

— Non, elle ne te serrait pas un peu, elle te boudinait! T'as grossi de partout! Des doigts et même des pieds! Faut y aller, quand même, pour grossir des pieds!

Rose éclata en sanglots. Elle fut bientôt entourée de sa fille, de son futur gendre, d'Edwige et de Gildas qui la prenaient tour à tour dans leurs bras pour la consoler.

Chloé était remontée contre son père.

— Mais enfin, papa! T'es dégueulasse!

— Toi, je préférais quand tu bégayais!

— Arrête de pleurer, maman! T'es pas grosse! dit Chloé dont la sincérité appuyée sous-entendait le contraire.

— Bah... un peu quand même... objecta Gildas. Moi je te connais depuis vingt ans et... faut dire ce qui est, t'as grossi!

— Mon Norbert, il adorait les grosses! dit Edwige... Il disait : « Ça remplit la main d'un honnête homme! »

— Il faut croire qu'il n'y a pas d'honnête homme ici! clama Aymé... Votre femme n'est pas grosse et c'est vous qui êtes lourd! Grossier et lourd!

Il y eut une minute de silence, en hommage à la fierté que venait de perdre Philippe. Mais ce silence devenait pesant et Philippe, soucieux d'avoir le dernier mot, l'interrompit.

— Vous, vous avez de la chance d'être costaud! Franchement, vous avez de la chance! Sinon, je vous aurais mis mon poing dans la figure! Sacrée chance qu'il a, celui-là! conclut-il en espérant trouver l'approbation dans le regard des autres.

Rose le trouvait pathétique. Elle explosa.

— La chance, c'est que tu m'aies eu à tes côtés pendant toutes ces années!... Je suis mariée, c'est vrai! Mais plus pour longtemps! Va retrouver ta maîtresse! Ça m'est égal maintenant! C'est fini, Philippe! Tu m'as rendue transparente mais je suis là, en chair et en os! Tu ne me feras plus jamais souffrir! Je demande le divorce! Je ne veux plus te voir! Tu peux foutre le camp!

## Un escargot tout chaud

Conscients que les scènes de ménage n'appartiennent qu'aux ménages, tous se murèrent dans un mutisme prudent.

Rose fut étonnée de sa propre violence. Ainsi donc, il suffisait qu'un inconnu vous redonne confiance en vous, vous fasse exister à nouveau, pour déverser sa colère et décider de balayer en quelques phrases définitives des années de vie passées auprès d'un homme ? Rose était perdue. Venait-elle de se libérer enfin ? Ou était-elle prisonnière de son emportement qui avait dicté des mots insensés ? Pensait-elle vraiment ce qu'elle disait ? Ou n'était-ce que sous le coup de la rage ? Qui était-elle, cette colère ? Etait-elle comme l'alcool qui soi-disant délie les langues et permet de sortir ce qui est enfoui au plus profond ? *In Colère Veritas* ? Ou *In Colère n'importe quoi* ? Rose aurait voulu se poser un instant, faire le point. Peut-être désirait-elle vraiment divorcer et cet excès soudain lui avait enfin donné la force de l'exprimer. Ou peut-être que, ivre de rage, elle avait juste dit n'importe quoi. Mais peut-on vraiment dire n'importe quoi ? Il doit y avoir un semblant de vérité, s'obstinait-elle à penser. Voilà, c'est ça : un semblant de vérité ! Et un semblant, comme son nom l'indique, c'est presque, c'est un peu, c'est un ersatz de vérité mais ce n'est pas une vérité dans sa totalité. Elle ne souhaitait donc pas ne plus le voir, mais un peu ne plus le voir. Un peu divorcer. Qu'il fiche le camp, mais un peu.

Cependant, pour Philippe, les ordres étaient clairs. Il tourna les talons et franchit la porte avec une dignité que Rose ne put s'empêcher d'admirer.

En le regardant s'éloigner, impuissante à le rejoindre alors qu'elle le désirait ardemment, Rose regretta d'avoir demandé le divorce car elle savait qu'il allait accepter.

Philippe marchait sur la route et son pas semblait lesté de leur passé.

Elle le suivit des yeux jusqu'à ce que le virage l'emporte.

Dans le silence qui régnait à nouveau, on entendait les ronflements de Walter.

— Qu'est-ce qu'il tient ! dit Chloé d'une voix chantante, désireuse de dédramatiser la situation.

Rose ne l'avait pas entendue. Elle fixait le virage, espérant que Philippe lui revienne. Et Aymé fixait le visage de Rose, espérant qu'il lui appartienne.

Sentant que ces deux-là devaient rester seuls, Edwige prit son sac à main et, consultant sa montre, elle fit mine de s'affoler.

— Oh là là ! Six heures, déjà ! Il faut que j'y aille ! dit-elle.

Mme Pigrenet avait donné le signal et chacun réalisa qu'il devait partir.

— Oh là là ! C'est l'heure de la promenade de Barry ! enchaîna Gildas avant d'appeler son chien.

— Vous allez de quel côté ? demanda Pierre... J'ai ma voiture garée derrière...

— Je crois qu'on va tous du même côté, dit Chloé.

Elle promit à sa mère de revenir bientôt et, posant un baiser aimant sur sa joue, Chloé eut le sentiment d'embrasser une ombre.

Et tous partirent, animés d'une urgence aussi soudaine qu'artificielle.

Walter, toujours écroulé dans son coin, avait cessé de ronfler et semblait être parti lui aussi.

Rose était plantée au milieu de la bijouterie, immobile, comme un pantin abandonné par son marionnettiste.

Aymé s'approcha d'elle et la serra dans ses bras.

Rose se laissa faire.

Et plus il la tenait dans ses bras, et plus le cœur d'Aymé cognait et s'accélérait.

Pas celui de Rose. Le sien à elle se contentait de faire son petit travail d'organe vital, sans affolement ni arythmie.

Les yeux d'Aymé brillaient.

Pas ceux de Rose. Les siens à elle semblaient éteints. Les étoiles ne reviendraient pas. Pas avec lui. La promesse d'un avenir heureux n'était pas dans ces bras-là.

Il n'était pas besoin qu'elle parlât pour qu'Aymé le comprenne et, comme un danseur délaisse une cavalière dont le pas ne saurait s'accorder au sien, il desserra son étreinte.

— Je vais vous laisser, madame... dit-il douloureusement.

— Je vous en prie, pas « madame »... je m'appelle Rose, dit-elle sans chercher à le retenir.

— Oui, mais moi je ne suis pas aimé.

Et Rose le regarda partir de la même façon qu'elle le vit arriver : en parfait inconnu.

Elle était à présent seule, vidée d'elle-même. Son regard tomba sur la cagoule abandonnée. Elle la ramassa. Rose eut un sourire attendri. Que se serait-il passé si, comme le lui avait conseillé son mari, elle n'avait pas ouvert la bijouterie aujourd'hui ? Chloé aurait continué à bégayer, elle aurait épousé un homme qui ne lui était pas destiné mais les enfants à venir le lui auraient fait oublier. Et moi ? pensa-t-elle... Que serais-je devenue sans l'intrusion de ce garçon qui voulait transformer les souris en escargots ? Les repas silencieux se seraient succédé, Philippe aurait entretenu sa liaison sans que je l'apprenne jamais, son mépris pour moi se serait installé pour toujours, j'aurais fini par m'y habituer et qui sait, un matin, je me serais surprise à ne plus l'aimer. Ne plus l'aimer ? Non, c'était impossible. Ses jolies couleurs lui revinrent au visage, le sang s'agita dans ses tempes et la vie sembla l'envahir comme jamais. Philippe devait revenir. Ils devaient se retrouver.

Rose courut vers le coffre et composa le code. La porte s'ouvrit et, consciente d'y placer son bien le plus précieux, elle déposa la cagoule.

Elle avait bien fait d'ouvrir la bijouterie aujourd'hui.

Philippe était assis sur un banc, à côté d'un vieux lavoir, *Le lavoir des Dames*, que les lavandières avaient abandonné depuis longtemps, laissant place aux têtards qui s'agitaient fébrilement dans une eau devenue à tout jamais stagnante.

Philippe, le regard perdu au loin, semblait habité par des pensées profondes. En vérité, il ne pensait à rien.

Rose arriva derrière lui, sans faire de bruit.

Elle s'immobilisa à quelques mètres du banc, arrêtée par la frontière invisible dont Philippe paraissait s'être entouré.

Rose se demanda par quel phénomène extraordinaire les dos étaient-ils toujours aussi parlants. Que Philippe ait porté un chapeau, un manteau informe, une écharpe autour du cou, et elle aurait su, sans l'ombre d'un doute, que c'était lui.

— Comment tu as su que j'étais là ? dit Philippe sans se retourner.

Les dos sont également doués de sensibilité pour reconnaître ceux qui les approchent, pensa Rose sans réelle surprise.

154

— J'ai demandé à droite à gauche. On m'a dit que tu venais souvent ici.

— Alors, ça y est ? Tu pars avec lui ?

— Non. Je lui ai demandé de s'en aller.

Ce qui n'était pas tout à fait vrai, ni tout à fait faux puisque, ne lui demandant pas de rester, elle lui avait implicitement demandé de partir.

Le dos de Philippe se relâcha légèrement, accusant sans aucun doute possible, un soulagement réel.

— Je peux m'asseoir ?

— C'est un banc public.

L'invitation n'était pas chaleureuse mais Rose s'assit quand même à côté de lui.

Ils étaient silencieux, évitant de croiser leurs regards.

Rose observait les têtards en se demandant où étaient les parents. Il n'y avait ni grenouilles, ni crapauds. C'était sans doute pour cette raison que ces petits spermatozoïdes noirauds se démenaient dans tous les sens : ils cherchaient leur papa et leur maman. Et croyant voir le désespoir dans leurs yeux qui n'étaient pas encore formés, Rose sentit les larmes lui monter. Mais elle se reprit très vite, consciente qu'elle se trompait de chagrin.

— Je ne m'attendais pas à te voir tout seul sur ce banc... T'as pas été retrouver ta maîtresse ?

Philippe ne répondit pas. Il continuait à regarder devant lui.

— Je la connais ?

— Sans doute.

— Comment ça « sans doute » ?

— Oui. Je crois que tu la connais.

Rose passait en revue les amies et relations qu'ils pouvaient avoir. Mais les visages se bousculaient dans sa tête et elle manquait d'éléments susceptibles de la mettre sur la voie.

— Elle est jeune ?

— Jeune, vieille... elle n'a pas d'âge.

Rose pensa immédiatement à Caroline, qui venait de passer entre les mains d'un très bon chirurgien esthétique et qui, malgré ses 60 ans, en faisait à peine 40.

— Caroline ? C'est Caroline ?

Philippe ne put s'empêcher de soupirer d'un air las, ce qui conforta Rose dans l'assurance que ce n'était pas Caroline.

— Elle est belle ?

— Pour certains, sans doute... Pas pour moi... Elle est triste.

156

Merde alors, se dit Rose. Une déprimée, moche, la quarantaine. Elle ne voyait pas du tout. Il y avait bien Marina, la fleuriste, tellement dépressive que même ses fleurs piquaient du nez... mais quand même ! Elle était vraiment très laide ! Ce n'était pas possible !

— Tu l'aimes ?

— Je ne l'aimais pas. J'ai appris à l'aimer.

La réponse était pour le moins étrange. On eût dit que Philippe n'avait pas d'autre choix que de fréquenter cette femme et qu'elle était davantage un poids qu'un réconfort.

Rose en avait assez des devinettes. Puisque aux dires de son mari, elle la connaissait, le mieux était encore de lui demander comment elle s'appelait.

— C'est quoi son nom ?

Philippe eut un moment d'hésitation.

— C'est un nom un peu ronflant, un nom dont abusent certains poètes sans talent, un nom que tout le monde connaît sans savoir ce qu'il représente réellement...

Rose ne comprenait rien mais elle savourait que Philippe lui parlât normalement, presque comme avant.

— Je comprends, mentit-elle. Mais, c'est quoi son nom ?

— Solitude, lâcha Philippe.

Rose en resta sans voix.

Pour la première fois depuis qu'ils étaient assis sur le banc, Philippe tourna son visage vers elle. Il semblait comme soulagé d'avoir mis fin à la jalousie de Rose.

Mais contre toute attente, loin d'être apaisée, Rose explosa.

— Une Espagnole ? ? !!... Solitùd... Solitùd... attends... Mais oui ! La femme de ménage des Harvey ! Ça m'étonne pas ! La garce !

Ce fut plus fort que lui, Philippe explosa de rire. Il y avait longtemps qu'il n'avait pas ri comme ça. Son rire devenait incontrôlable et il ne pouvait pas s'arrêter.

Son rire était communicatif et Rose se mit à rire à son tour. Après tout, si son mari riait de si bon cœur, c'est que cette femme de ménage ne devait pas vraiment compter pour lui. Tous deux furent hilares quelques minutes et puis Philippe se calma peu à peu, laissant sur son visage l'empreinte de sa joie.

— Je te parle de la solitude, Rose ! La solitude, tu comprends ?

Rose se sentit d'un seul coup très bête et son rire s'arrêta net.

— C'est elle que je vais retrouver... je n'ai jamais eu de rendez-vous qu'avec elle ! De discussions, qu'avec elle ! De joies et de tristesses, qu'avec elle ! Pas une femme de ménage ! Quoique... elle m'a aidé à faire le ménage... le ménage sur la vie que nous avons mise en foutoir... Je l'ai rencontrée le jour où tu étais très en colère contre moi... en fait, c'est contre toi que tu étais furieuse ce jour-là car tu avais encore pris un kilo... mais il faut que tu saches, Rose, je m'en fiche bien que tu aies grossi ! Tu crois que l'amour se pèse et que, dépassé un certain poids, il s'évanouit ? Quelle drôle d'idée tu te fais de l'amour ! Tes kilos ne sont que dans ta tête !

— Et mon doigt boudiné qui ne peut plus porter d'alliance ? Tu l'as oublié ? Tu m'as souvent dit que j'étais grosse !

— C'est vrai... avoua-t-il avec regret. Je crois que les vieux couples sont stupides, parfois... Incapables d'être gentils, ils se forcent à être méchants, seule façon cruelle pour eux de continuer à exister... Et donc, tu étais très furieuse ce jour-là, et tu m'as dit :

*Laisse-moi tranquille ! Va voir ailleurs si j'y suis !...* Alors je suis allé voir ailleurs et... tu y étais. Et c'est dans cet ailleurs, si encombré de solitude, que j'ai commencé à te retrouver. Je venais ici, je marchais vers le port, j'allais dans les champs, seul. Mais avec toi. Je m'asseyais sur ce banc, seul. Mais avec toi. Je regardais le soleil se coucher, seul. Mais tu étais là. Toujours là. J'étais avec la Rose que j'avais connue... et dans cette solitude où tu ne me quittais pas, je n'étais pas vraiment heureux, mais disons que j'étais moins malheureux.

— Pardon d'avoir tellement changé...

— Non Rose ! Non ! Nous ! c'est nous qui avons changé... Chloé avait raison... On a détruit sa vie parce qu'on n'était plus capable de vivre la nôtre... On l'a étouffée d'un amour qu'on ne voulait plus se donner... Pourquoi ? Je ne sais pas. Je ne sais pas comment tout ça a commencé.

— Il n'est pas trop tard pour y mettre fin... ?

Philippe sembla ne pas l'avoir entendue. Il se leva brusquement et se mit à marcher d'un pas décidé, la laissant seule sur le banc.

Philippe avançait sans se retourner. Etait-elle

160

invitée à le suivre ? Dans le doute, elle ne s'abstint pas et le suivit.

Il s'enfonça sur un chemin de ronces en accélérant sa foulée à la manière des sportifs qui s'échauffent avant de courir. Essoufflée, Rose trottait derrière pour tenter de le rattraper.

— Elle en a mangé des mûres ici, ma Rose ! Et je lui disais : *Lave-les ! Des renards peuvent avoir pissé dessus, c'est porteur de la rage, tu sais !* Mais elle les mangeait, comme une petite enragée qui n'aurait pas eu la rage. Elle est où maintenant ma petite gloutonne, qui pour avoir du rouge sur les lèvres écrasait les mûres contre sa bouche ?

— Elle est là ! dit Rose qui venait de le rejoindre.

Philippe tourna sur sa droite et prit la petite route qui dominait le port. Puis il se campa sur ses jambes, observant les gens assis aux terrasses des cafés. Certains avaient tourné leurs chaises pour profiter des derniers rayons du soleil.

Rose arriva derrière lui. Son bras la faisait souffrir.

— Rentrons, lui dit-elle.

Mais Philippe ignorait sa présence.

— Elle avait pris une menthe à l'eau... Sans doute à cause du regard enfantin qu'elle avait à l'époque, le garçon la lui servit avec une paille... Et quand elle a eu fini, quand il ne resta plus qu'un tout petit peu de menthe au fond de son verre, elle s'est mise à aspirer bruyamment avec sa paille. Et ça la faisait rire. Et elle m'a dit : *est-ce que j'ai la langue verte ?* Oui. Elle est verte, que je lui ai dit. C'est plein de colorants, ces trucs. Aujourd'hui, je ne sais même plus si elle boit encore des menthes à l'eau...

— Oui, j'en bois encore ! dit Rose

— Il faudra que je lui demande...

— Arrête ! hurlait-elle... Je suis là !! Est-ce que tu vas continuer à me chercher alors que je suis là ? Tu vas continuer à parler de moi à la troisième personne ? Rentrons, s'il te plaît !

— C'est elle qui me coupait les cheveux... *Viens ! On va jouer au coiffeur*, qu'elle disait... Je savais que ma coupe serait ratée mais je me laissais faire...

— Philippe ! Je t'en prie, Philippe !! criait Rose.

Et elle se mit à frapper le dos de Philippe de son poing valide.

Mais Philippe restait impavide, comme absent de lui-même.

Alors Rose comprit qu'elle criait dans le vide et qu'elle frappait un fantôme.

Elle le laissa avec l'autre, l'autre Rose et s'éloigna, sans se retourner.

Il y avait bien longtemps que Rose n'avait fait une telle marche dans la campagne. Le soleil déclinait mais la chaleur accumulée montait encore du sol.

Le chemin qu'elle avait emprunté se mit à faire une fourche. Rose, qui n'avait pas le sens de l'orientation, hésita un moment. Elle décida d'aller à droite, se ravisa et partit vers la gauche, tout en se disant qu'elle aurait peut-être dû prendre à droite. Elle rebroussa chemin et prit celui de droite. Au bout de quelques pas, Rose se dit qu'elle aurait peut-être dû rester sur celui de gauche. Mais elle continua, consciente qu'un jour où l'autre elle arriverait dans la civilisation et que tout ça n'avait pas grande importance.

Rose regardait autour d'elle et, de toute évidence, elle était perdue.

Un tracteur s'avançait au loin. Elle lui

demanderait le *Lavoir des dames*, baptisé ainsi avec une originalité déconcertante à en juger par le peu d'hommes qui avaient dû exercer le métier de lavandiers, et une fois au lavoir elle retrouverait aisément la route de la bijouterie. Le tracteur s'approchait dangereusement et, au vu de l'étroitesse du chemin, c'était elle ou lui.

Rose décida que ce serait lui et céda le passage de justesse en s'enfonçant légèrement dans le champ de maïs pour éviter de se faire écraser. Elle leva la main, lui indiquant de s'arrêter, mais l'agriculteur crut à un signe de courtoisie et leva la main à son tour, lui renvoyant ainsi la politesse.

Et le tracteur s'éloigna.

Rose resta un instant dépitée quand soudain elle reconnut au loin le clocher de l'église, celle-là même qui jouxtait la bijouterie.

Elle détestait ce clocher qui, non content de sonner les heures deux fois de suite, en respectant un intervalle d'une minute entre la première heure sonnée et la deuxième, au cas où l'on n'aurait pas bien saisi l'heure qu'il était, alors que tout le monde peut la vérifier sur sa montre ou son téléphone portable, sonnait aussi les quarts d'heure, les demi-heures et l'angélus trois fois par jour ! L'angélus du matin, du midi et du soir. Ces angélus n'en finissaient pas car, après les coups de l'heure, les cloches sonnaient trois fois trois coups et terminaient par la volée d'une seule cloche pleine d'énergie, heureuse et fière de faire son solo comme si elle passait un casting pour Notre-Dame.

Mais pour une fois, Rose aima ce clocher qui la menait tout droit chez elle.

Ayant appris que la ligne droite est le plus court chemin d'un point à un autre, Rose décida de couper par le champ de maïs.

Les maïs sont des plantes ingrates et ne se laissent pas traverser comme ça. Elle avançait difficilement, séparant délicatement les branches les unes des autres en s'appliquant à n'abîmer aucune d'elles.

Soudain, Rose entendit un bruit. Elle s'arrêta de marcher. Un être humain ou un animal s'avançait dans le champ, d'un pas lourd et rapide.

Rose se jeta à terre, disparaissant sous les épis. Si c'était un animal, ce devait être un gros car il faisait un sacré vacarme. Un sanglier, peut-être ? Les sangliers mangent-ils les humains comme, paraît-il, le font les cochons ? Si tel est le cas, mes jours sont comptés, pensa Rose, et on ne retrouvera de moi que les dents. On lui avait toujours dit que les cochons pouvaient dévorer un individu dans sa totalité mais qu'ils ne touchaient pas aux dents. Pour quelles raisons ? Que se passait-il dans leurs têtes de cochons ? Ils bouffaient le bonhomme et s'arrêtaient brusquement à la moindre molaire en se disant *Ah, ça non, je ne vais pas le digérer* ? Les os, les cheveux, les ongles, oui, ça va... mais pas les dents ! Pourquoi ? Ça leur donnait des aigreurs d'estomac ? Ils se sentaient barbouillés après ? Ça portait malheur ? Et comment s'y prenaient-ils ? Ils recrachaient les dents, en les triant spontanément comme on le fait avec les arêtes de poisson quand notre palais tombe dessus ? Ou alors est-ce qu'ils boulottaient le visage en évitant les dents dès le début ? Autant de questions dont elle n'aurait jamais la réponse car la bête se rapprochait dangereusement.

Rose se recroquevilla sur elle-même, ferma les yeux en se protégeant la tête de son bras.

C'est dans cette position fœtale que Philippe découvrit sa femme.

— Qu'est-ce que tu fais là ? lui demanda-t-il.

A moins qu'elle ne soit tombée sur un sanglier imitant à merveille la voix de son mari, Rose comprit que tout danger était écarté.

— Je rentrais à la maison.

— En rampant ?

— Je faisais une petite halte... Je voulais savoir si les maïs chantent vraiment...

— Pour ça faudrait qu'il y ait du vent !... De toute façon c'est des conneries... le Norbert il a dit ça à Edwige pour la culbuter tranquillement au milieu des champs !

— Je ne crois pas...

— Comme tu es naïve, dit-il en s'asseyant près d'elle, car il semblait épuisé par la marche.

— Et toi ? Qu'est-ce que tu fais là ? demanda-t-elle à son tour.

— Je me suis dit que j'allais couper par là pour rentrer à la maison...

— Comme moi.

— Comme toi.

Et n'ayant plus rien à se dire, ils se turent.

Un corbeau passa, emplissant de son croassement funèbre le silence déjà lourd qui venait de tomber.

Philippe toussota.

167

— Oui ? dit-elle.

— Rien. Je tousse.

Mais il voulait parler, c'était évident.

Trop fatiguée pour l'inviter à le faire, Rose se contenta d'esquisser un sourire.

Philippe se lança enfin.

— Alors ? Comment on fait ?

— Comment on fait quoi ?

Car Rose ignorait totalement de quoi il voulait parler.

— Pour le divorce... précisa-t-il d'un ton léger.

Philippe l'avait donc prise au sérieux. Comme l'idée de divorcer semblait le soulager ! Sans doute attendait-il la proposition depuis longtemps mais, trop lâche pour en parler en premier, il avait espéré qu'elle le fasse ?

Rose était anéantie. Elle aurait voulu crier *Non ! J'ai dit ça sous le coup de la colère ! J'ai dit ça mais je ne le pensais pas !* Mais à quoi cela aurait-il servi ? Il ne l'aimait plus et souhaitait se séparer d'elle.

C'est donc d'un ton badin qu'elle s'efforça, elle aussi, d'aborder le sujet.

— Je ne sais pas... Tu connais un avocat ? demanda-t-elle presque gaiement.

De toute évidence, la légèreté de Rose venait de foudroyer Philippe. Il resta un moment interdit et cette étrange douleur au ventre le reprit d'un coup. Rose le sentit. Philippe ne voulait pas divorcer. Elle en était à présent persuadée.

— Il y a bien Lafargue... répondit-il.

— Mais oui! Lafargue! Très bonne idée! Il paraît que c'est un bon, ça ira très vite avec lui! dit-elle, s'efforçant d'être ravie.

Rose jubilait. Elle voyait le visage de Philippe se décomposer au fur et à mesure qu'elle montrait son enthousiasme et elle comptait bien ne pas en rester là. Il l'avait fait souffrir pendant tant d'années, c'était à son tour à présent.

— Quand les deux sont d'accord, ça va toujours très vite... dit Philippe, d'une voix morne. Parce que... on est tous les deux d'accord? Hein?

Et comme la question implorait une réponse négative, Rose répondit par l'affirmative.

— Oui! Tous les deux d'accord!...

Rose s'amusait comme une folle. Elle décida de passer à la vitesse supérieure et, affichant un grand sourire, elle demanda :

— Et pour la bijouterie? On fait comment? Moit' moit'?

Ce *moit' moit'* cruellement désinvolte venait d'achever Philippe.

— Quoi, tu veux vendre la bijouterie ?

— Bah, si on divorce ! répondit-elle avec une grande innocence.

*Oh que c'est bon ! Oh que c'est bon !* Ne pouvait s'empêcher de penser Rose. Elle allait lui faire payer très cher ces années de mépris et il ne serait pas solvable. Rose était aussi excitée que lorsqu'elle passait devant des éclairs au chocolat.

— Mais enfin... mais enfin... Rose ! C'est... c'est la seule chose de bien qu'on ait faite dans... dans notre vie !

Philippe en bafouillait. Rose était extatique.

— Bon... On garde la bijouterie, se contenta-t-elle de répondre, comme s'il s'agissait d'une bagatelle.

— Mais oui ! Il ne faut pas tout mélanger ! On peut continuer à travailler ensemble !

Le ton suppliant de Philippe la mit dans un état quasi orgasmique.

— Tu dois avoir raison... Et t'iras habiter où ? demanda Rose.

— Parce que c'est moi qui pars ? s'étrangla Philippe.

— Bon bah… j'irai habiter où ? capitula-t-elle sciemment, indiquant par là que peu lui importait lequel des deux partait du moment qu'ils se séparaient.

Philippe était à terre et Rose comprit avec horreur la jouissance que l'on peut avoir à torturer quelqu'un que l'on aime.

— Il n'y a pas grand-chose à louer dans le coin… dit Philippe, commençant à réaliser qu'il ne se relèverait pas.

— Alors je vais acheter un appartement… dit-elle simplement.

— Avec quoi ? Si tu veux acheter, faut vendre la bijouterie… et il n'en est pas question ! T'es… t'es d'accord avec moi, non ?

— Si tu le dis…

La tortionnaire fit une pause afin que la pauvre victime puisse se remettre.

— Alors en attendant, je vais dormir où ? réattaqua Rose.

— Bah… je ne sais pas ! Si tu veux, dans un premier temps, on fera chambre à part…

— Chambre à part ? Où ça ? Pour faire chambre à part il faut avoir une chambre à part ! La chambre de Chloé est devenue ton bureau !

— Le canapé ?

— Pas convertible.

— On en achètera un... proposa Philippe, dépassé.

— Demain c'est férié ! Et tu sais ce que c'est... le délai de livraison, c'est au moins un mois ! On va faire quoi en attendant ?

Le ton paniqué de Rose paniqua Philippe davantage encore.

— En attendant... on va continuer à dormir ensemble ! C'est pas un drame, si ?

— Non, c'est pas un drame... répondit Rose, conciliante. Mais attention ! Nous sommes de futurs divorcés, je t'interdis de me toucher !

— De toute façon, ça fait bien longtemps qu'on ne se touche plus...

Rose ne se trompait pas. Elle entendit comme un regret dans la voix de Philippe. Il était temps de donner l'estocade.

— Ça ! Je ne me souviens même plus de nos premiers ébats ! Pour te dire ! dit-elle en éclatant d'un rire joyeux.

Rose était la seule à rire.

Philippe, hors de lui, la prit par les épaules, la forçant à le regarder.

— Tu ne te souviens de rien ?

Il la secouait comme un petit pommier, espérant faire tomber le fruit des aveux.

— Pas même du goût de tes lèvres sur ma bouche... répondit-elle nonchalamment.

Alors Philippe colla un baiser violent sur ces lèvres amnésiques.

— Et ça ? Ça ne te rappelle rien, ça ?

Le baiser était si peu tendre que Rose n'eut aucun mal à lui répondre que non, ça ne lui rappelait rien du tout !

Ivre de colère, Philippe la fixait comme il aurait fixé un monstre.

Mais ce baiser, si violent fût-il, avait amolli le bourreau qu'elle était devenue.

— Je crois me souvenir vaguement que... c'était plutôt... comme ça...

Et Rose posa doucement sa bouche contre celle de son encore mari.

— Ta mémoire te joue des tours, dit-il. C'était plutôt comme ça...

Philippe lui donna un baiser plus tendre.

Rose prit l'air concentré d'un œnologue attentif à ne pas faire d'erreurs avant de laisser tomber son verdict :

— Oui... c'était presque ça... mais je crois qu'il y avait des mains sur ma taille...

*Un escargot tout chaud*

Alors Philippe posa ses mains sur la taille de Rose, taille qui n'avait plus la finesse des premiers jours mais qui était celle de sa femme, cette taille dont il s'était éloigné par on ne sait quel mystère de la vie des couples, mais celle dont il était sûr de ne jamais pouvoir se passer. Et, empli de bonheur à l'idée qu'il passerait la fin de ses jours avec cette taille-là, il embrassa Rose comme au premier jour.

Le vent se leva.

La robe de Rose pareillement.

Philippe laissa la robe se soulever.

Et les maïs se mirent à chanter.

Merci à Jean-Pierre Hasson
qui m'a formidablement soutenue.

*Cet ouvrage a été imprimé par*
*CPI BRODARD ET TAUPIN*
*72200 La Flèche*

*pour le compte des Editions Grasset*
*en février 2017*

*Composition réalisée par Belle Page*

*Grasset* s'engage pour
l'environnement en réduisant
l'empreinte carbone de ses livres.
Celle de cet exemplaire est de :
550 g Éq. $CO_2$
Rendez-vous sur
www.grasset-durable.fr

PAPIER À BASE DE
FIBRES CERTIFIÉES

N° d'édition : 19809 – N° d'impression : 3021344
Première édition, dépôt légal : mars 2017
*Imprimé en France*